锐博客
草根自己的博客

张志浩

著

我是法医

山东文艺出版社

图书在版编目（CIP）数据

我是法医／张志浩著.—济南：山东文艺出版社，
2007.1

ISBN 978-7-5329-2633-6

Ⅰ.我…　Ⅱ.张…　Ⅲ.长篇小说－中国－当代
Ⅳ.I247.5

中国版本图书馆CIP数据核字（2006）第103864号

主管部门	山东出版集团
集团网址	www.sdpress.com.cn
出版发行	山东文艺出版社
电子邮箱	sdwy@sdpress.com.cn
地　　址	济南经九路胜利大街39号
印　　刷	山东新华印刷厂潍坊厂
版　　次	2007年1月第1版
	2007年1月第1次印刷
规　　格	开本／787×1092毫米　1/16
	印张／19　插页／2　千字／273
定　　价	25.00元

——以此拙作，向法医们表达崇高的敬意

若是血污也就罢了

若是尸臭也就罢了

惯于世人流俗的目光

苦亦平常　痛亦平常

可我更想用这刀

剖出藏于重重迷雾后的真相

一切的冤屈与不平

都应各得安所

用血与火去淬炼

正义与公允的价值

即使如千年冰雪般的双手

也有着炽热的温度

与良知同行

我是如此无怨　无悔

摘自网友　马兰花开　留言

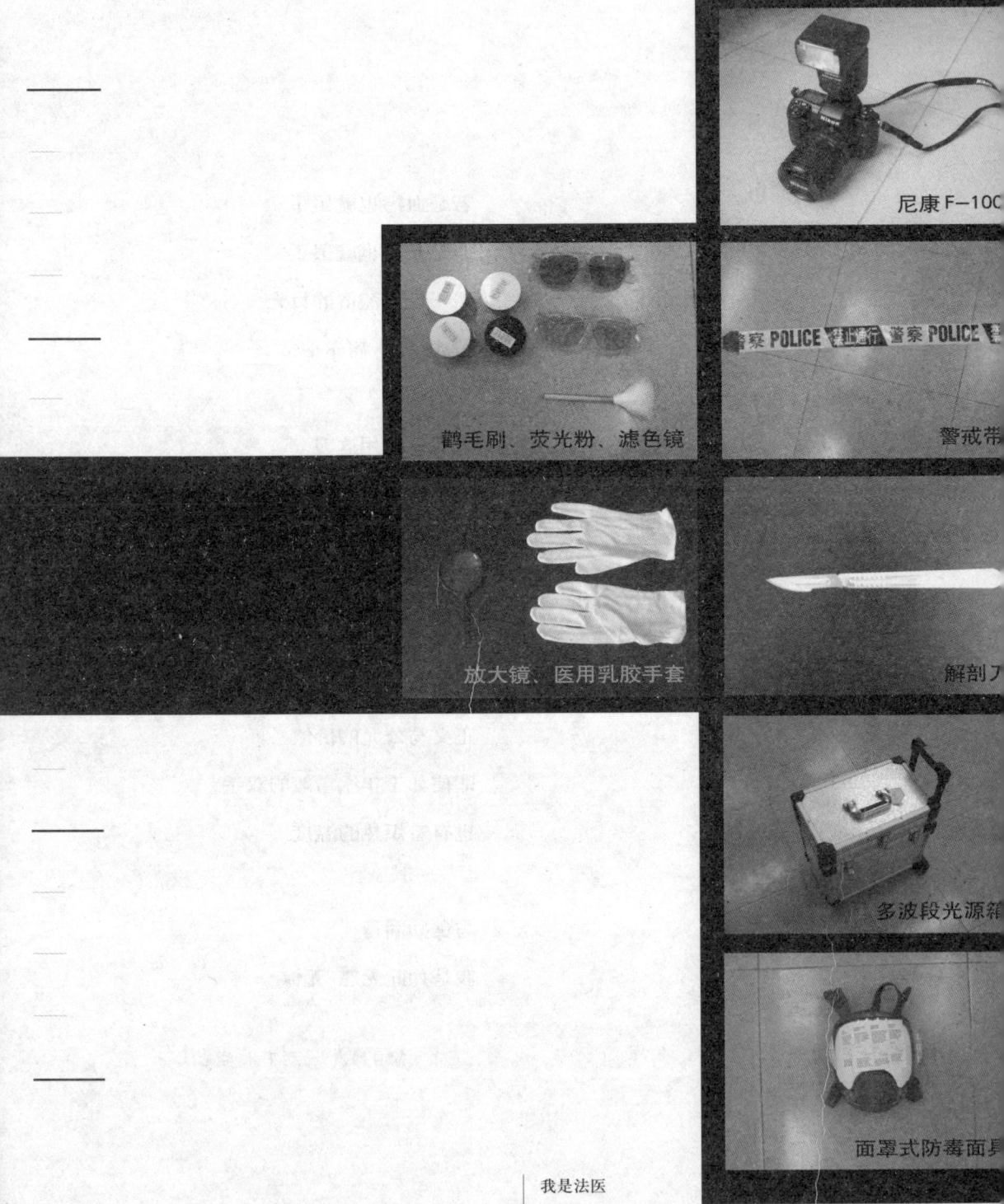

尼康 F-10C

鹤毛刷、荧光粉、滤色镜

警戒带

放大镜、医用乳胶手套

解剖刀

多波段光源箱

面罩式防毒面具

我是法医

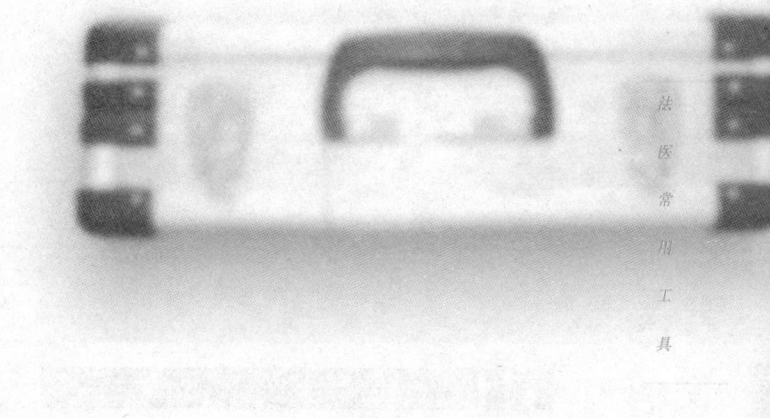

法医常用工具

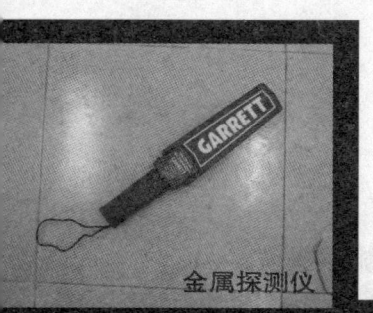

金属探测仪

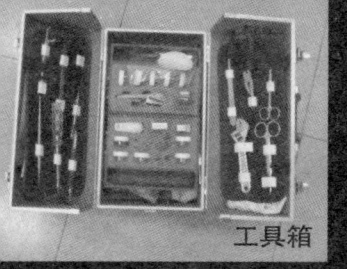

工具箱

编号牌

口鼻式防毒面具

法医工作中涉及的常用工具

目　录

序

　　我知道大多数人听到"法医"这个词会联想到什么。血腥的凶案现场、恐怖的尸体、阴暗简陋的工作环境。我也曾看见年轻人仰慕的眼光，热切地企盼了解我的经历。鄙视也好，仰慕也好，我在人群中快乐地生活着，我只想说，我不曾后悔我的选择。

　　其实，和中国大多数法医一样；我本科毕业并不是法医专业。临床医学的学历把我带上了外科医生的工作岗位。几年外科医生的生涯让我感触良多，回忆起当初的日子我仍然觉得阳光灿烂。也许是太年轻，日复一日重复而单调的手术和日见严重的椎间盘突出把我送上了忍耐的边缘。我决定考研究生，报考时我的选择让大家大跌眼镜：法医。当时选择的原因很简单：我翻遍了当年全国研究生招生目录，护士专业不到十名，法医不到二十名，我选择了后者。

　　时光如电，转眼六年又过去了，世界在变，我也在变，时光如果能够倒流，我作出选择的原因可能不会再如此简单，但是我仍然会作出同样的选择。我从不曾后悔过我的选择——因为我无法忘怀民事案件中冲突到白热化的当事人双方因为我们的到来而冷静下来的场景；因为我无法忘怀刑事案件中当我们从蛛丝马迹中成功地重建起现场的成就感；更因为我无法忘怀死者家属感激的目光。

　　我想轻轻地说一声，我是法医，我为我的职业感到自豪。

当然，作为一名法医，我非常清楚这个职业现在面临的种种不公正待遇。我无法去改变世界上所有人的想法，我想做的只是通过这个博客让更多的人了解这个职业，了解我们这一群人。不可避免地我会在这里讲述一些在我身边发生的案件，当然，因为法律的缘故我只能讲述一些过去的故事，出于对案件当事人的保护，人名和地名我也必须虚构。我不知道这些故事会给人带来什么样的想法，血腥？惊险？还是不可思议？这一切已经不是我可能预测和把握的，我能做的只是真实地再现我们的生活，我们的经历，我不能肯定接触到一些血腥的照片社会公众会作何评价，因此，还是让我们从文字的讲述开始吧。

法医同志，为你骄傲！

过客 007：

看了你写的法医故事，觉得非要支持一下了，真是不错，有真情在里面。敬佩！
继续努力。
我不会成为你的粉丝吧？哈哈。

飞花似梦：

敏锐的思维，正直的心灵。透过血腥看见你，突然地我就不再害怕了。

存梦法医：

对博客的出现只是机械地接受，并没有发现它原来还有这么可贵、可爱的一面。看了你的博客就一直放不下，我们需要去理解的东西还太多，事情的发生有太多的可能，可是只要你无悔，那真的是可以淡然处之，苦并快乐着。

法医大哥，我知道我的很多同学都在默默地关注着你的博客，希望你能永远开心，坚强，执著！

希望：

很有幸认识这个网站，也很有幸认识你，
我想说大家都很喜欢你。
确实你很感性，
尽管你是法医。
如果哪天你又不想做现在的职业了，
去做个作家也挺不错。
我觉得你很优秀，
身上有一种吸引别人的东西。
应该是一种品质，
特别是在现在这样的社会里，
没什么能给你的，就让祝福伴你左右，真的希望一切都好！

没忘记却：

你的博客让我想起小时候熬灯看《福尔摩斯探案集》和《霍桑探案集》。
可惜我没有依照自己的愿望成为一名刑事警察。
你是一个尽职尽责又富情感的法医，
希望有一天能看到你出版的最新探案集。

csifan：

Nice job，Keep going．
没忘记却，职业上没有成为警察，并不代表你就不能对法医学，或者说鉴识科学（Forensic Science）感兴趣。其实大家都能对法律、鉴识科学有所了解，我相信对我国的法制社会建设会非常有利的。

潇湘槐市：

洗冤录就是这样写出来的吧，我跟你隔行如隔山，但是敬仰你的仁者之心。希望我们的社会多一些德才兼备的人！

Fishfeath：

嗯，很平实的东西，每个人都会在自我的状态下进行着一些必然的工作。外行看不懂，自己才真正了解。

梦游的鸟：

希望这个博客可以无限地延伸下去，我们，这个社会，需要这样的精神上的祭坛！

一起强奸案

1

　　这是我走上法医生涯没多久遇到的一起恶性案件。每年我会接触到上百例刑事案件和民事案件，平均一天不止一例。很多案件会随着时光的流逝而被我忘怀，从不再想起，而这一起案件我想我会一辈子记得，不仅仅是因为案件本色的血腥，作案人手段的残忍，更让我无法忘怀的是受害者，一名弱女子让人敬佩的反抗。甚至，有时候我会希望能对她问一声，现在，你还好吗？

　　那天我们是凌晨接到报案的，两个小时后我们赶到了目的地乐洲市飞凌汽车厂时，天色已经大亮了。早就听说过乐洲是个老工业基地，有着众多功勋卓著，赫赫有名的国有大型企业，但飞凌汽车厂的规模还是让初次到来的我大吃了一惊：我们开到厂门口的时候还没到上班时间，但是广场上的职工已经形成了一片人海，少说也有一两万人，我看了看表，七点刚过，工厂一般八点上班，工人们不会这么早就到厂门口等着上班，而且人群中很有些躁动不安，这也不会是等待开门的焦急造成的。每个人的脸色都很凝重，三五成群地议论着什么，离我不太远的两名妇女手掩着嘴，眼睛瞪得像铜铃，显然是听到了什么令她们惊谔的消息；而远一点右手边的几个男人向天上挥舞着拳头，看来他们是有点义愤填膺了。

　　我叹了一口气，看来凶案的消息已经走露，希望保护现场的干警比较得力，很多时候，对现场破坏最大的不是别的，而是围观群众。

　　我所知道的情况是这样的：案件发生在昨天下午，受害人是厂公安处处长的女儿。下班的时候她的同事很清楚地记得她离开了工厂，但是她没有回到她不远的家。着急的父亲打遍了她所有朋友的电话，却一无所获。昨夜这个城市是雷雨天，可以想象一夜惊雷在父亲的心头炸响给他带来的不祥预感。但是纵然是公安出身他也只能按捺着自己的不安，还得劝慰妻子不要着急——现在还不到报案时间。但今天凌晨两点一个换班的工人在厂区围墙外一栋几乎被拆毁的废弃小楼外发现了他的女儿，这时候，他女儿的双眼已经被剜出，气管被切开，更让人震撼的是女儿蘸自己的鲜血在地上写下了家里的电话号码，正是这个号码让父亲在第一时间知道了残忍的消息。

　　一听说受害人的身份我就很敏感，公安处，这可是个得罪人的地方，很难说她父亲会在工作中结下什么样的仇家。我简单地了解了一下工厂的大环境：这个厂的员工加上家属有十几万人，市里把这家工厂划成了一个区，区里有法院、检察院，加上厂里的公安处，给我的感觉是除了军队外这座工厂简直拥有一个小型国家应该拥有的一切。后来我才知道很多人祖祖辈辈都在这家工厂工作，不少人是夫妻或者父子都在同一个单位，这起案件的受害人也是这种情况。

　　很难评价是幸运还是不幸，女孩没有死。切口并没有伤到颈总动脉和颈外静脉，空气还能通过切口进入肺，因此她没有死亡。她实在是一个很弱小的女性，身高不足一米五五，我甚至清楚地记得给她作检查时我一只手就轻而易举地把她提到了床上。但是在她身上发生的一切以及她对此的反应却和她的身材如此地不相称，以至于在我的思想中她绝不应该是这样的矮小。

　　她被送往医院后五官科给她做了气管切开，空气将从一个金属小管进出。由于切口在声带的下方，着急要了解案情的我们只能用一个木塞将这个孔道堵住，否则她无法发音。从她断断续续的讲述、不时地手写补充和现场废弃小楼楼梯间四处喷溅的鲜血我们不难想象出昨天发生的一切。

　　下班后女孩独自走在厂区围墙外的小路上，想到回家后丰盛的晚餐她的嘴角浮现出一丝微笑，她的脚步更加轻快了，地上的足迹告诉我们那简直就是在蹦蹦跳跳。女孩头发间蒲公英的绒毛告诉我们她还摘下了路边的这朵小花絮，一口气把它们吹向了四面八方，飞散的种子就像女孩快乐的心情，弥漫在空气之中……

　　突然，她的后脑遭到重重的一击，从伤痕上判断毫无疑问那是一个钝器，而且打击的力量足够使她因为脑震荡而短期昏迷，然后她被一双罪恶的手拖到了废弃的小楼，房间里四处的鲜血诉说着这里曾经发生过的一切：女孩是被剜眼的剧痛弄醒的，从眼动脉高速射出的鲜血一滴滴地喷溅在对面的白墙上；她的双手本能地捂住了自己的眼睛，鲜血立刻洇透了她的双手，然后顺着肘部缓缓地流注到地面并形成了两小摊血泊；眼窝积存的鲜血则是顺着脸颊流到地面。这就帮我们判断出她的头部位置当时的受伤情况：她还来不及发出任何声音就被捂住了嘴巴，一个锯齿状的锐器轻易地划开了她的喉咙，锐器挥动得极快，它把女孩颈部的鲜血挥到了楼梯间下的地面，这毫无疑问我们判断凶手是一个左撇子，因为血迹是从右向左甩过来的；作案人以为她必死无疑后离开了，她挣扎着爬出小楼，衣服把她身下的血泊和地面的灰尘混在了一起，在地面上留下了一道道的拖擦痕，这让我们知道她的运动方向是朝着门口。一爬出小楼她就试图喊叫，但是切开的喉咙让她无法发出任何声音，于是她只好蘸着自己身上的鲜血写下一串阿拉伯数字……

女孩遭受不幸的消息立刻不胫而走，整个厂区好像炸开了锅，上班的不上班的人都在议论着这件事情，那双罪恶的手让厂里所有的人心里都蒙上了一层阴影，女人们不敢单独走在路上，男人们也比以往更勤快地接送妻女；现场围观的群众根本就不是几条警戒带可以拦住的，治安大队的人马几乎全部过来维持秩序了；心软的妇女就在当场哭泣着，诅咒凶手不得好死；人群中一个声音喊道："抓到凶手千刀万剐！"响应的声音马上连成了一片……

我摘下手套，把现场勘验箱提到警车的后备箱。其实这样的案件谁知道了心情也好不到哪去，我也一样。我理解群众的呼声，但作为一个法医，我们能做的只是尽量收集证据，重现当时发生的一切。老天帮忙让女孩还活着，第一现场也有屋顶遮盖没被大雨破坏，现场重建我们做得还算完美，至于能不能抓到凶手，那就看刑警们的了。

2

　　从我们掌握的情况看毋庸置疑这是一起恶性刑事案件。果不其然,当天上午省公安厅接到消息后就立即挂牌督办,而且从省里派出了精干的刑侦人员和警犬,市公安局也加派了人手。上百警力当天下午对现场周围做了地毯式的搜查,很快凶器就被发现,打击后脑的是一根有点弯曲的树枝,切开喉咙的是一根钢锯锯条。从受害人颈部的创口我们就知道这用的是一把锯条,所以当看见上面的血迹时我们甚至不用做DNA比对就可以肯定就是凶器。但是现场的草都给踏平了,上百警力在现场周围留下了大堆的矿泉水瓶和方便面盒,还是没有发现那双被剜出的眼睛,直到后来,当犯罪分子被抓获,带他指认现场时我们才在一个废弃的枯井里找到这一对眼球。

　　恶性案件在我们国家破案压力很大,一般这种案件会是公安局主要领导挂名负责,多警种分工合作的一个局面,最有意思的是这种叫"挂牌督办"的政策,就好比这次省厅挂牌督办此案,有时候一些影响力极大的案件甚至会公安部挂牌督办。这种政策有点像古代的"追比",捕快们很长时间没破案就会被打板子,好像秦琼原来过的就是这么一种日子,最后被逼得卖马。因此当天的案情讨论会上烟雾缭绕,就连我这个烟瘾不小的人也觉得几乎睁不开眼睛。但很快意见就分成了对立的两派,一派认为这是一起报复案件,原因很简单,第一,受害人的父亲是公安处处长，几十年的工作不可避免地得罪了不少人，比如说厂区层出不穷的盗窃案件和时有发生的斗殴甚至是凶杀案件；第二，似乎更有说服力，案犯的手段令人发指，完全到达了一般强奸案件不可能到达的程度。

持这种意见的主要是厂公安处的同行们。他们最了解当地的情况，显然他们的说法是有说服力的。现场发言的几个年轻人说话的时候根本就是义愤填膺，其中一个人声音甚至有些哽咽，眼圈也红红的，后来一打听果然他和受害人的父亲是生死之交，几次凶险的缉捕现场如果不是受害人父亲出手相救他早就不在人世了。我完全理解他的情绪，虽然一开始我对受害人的父亲是公安处处长也很敏感，但是现场勘验之后我发现这么分析案情并不符合逻辑。我的想法是这样的，这起案件不像一般的报复案件。一般的报复案件是"打了就跑"，比如说把受害人头一蒙，一顿棍棒后撒腿就跑，因为犯罪嫌疑人不愿暴露他的身份；再不然有些心理变态的犯罪嫌疑人也会以折磨受害人为乐，但无论哪种情况犯罪嫌疑人起报复的念头往往都不是一天两天，应该会精心准备作案工具和选择作案场所，此案根本不符合。第一是凶器不符合，打击头部的是一根随手拣来的有点弯曲的树枝，要是有准备过程的话打击头部可以有很多选择，比如说自来水管或者棒球棍；锯条也不符合，这时候犯罪嫌疑人拿出一把磨了很久的刀子才比较符合逻辑。第二是现场位置不符合，如果是以折磨被害人为乐趣，前提条件是作案的地方隐蔽，但这次案件就发生在厂区围墙旁边不远，这不符合逻辑，因此我认为这就是一起普通强奸案。

厂公安处的人显然是耐着性子听完了我的发言，我最后一句话话音刚落，其中一位急性子就把桌子一拍，冲我喊道："杀人灭口切开喉咙就够了，你怎么解释受害人被剜出眼睛？"

我也一时语塞。的确我没办法解释为什么受害人被剜出眼睛，但是年轻气盛的我也决不愿意服输，一反应过来，一句："那你怎么解释凶手拿着树枝和锯条去报复人？"就顶了回去。

讨论会一下子变得鸦雀无声，显然大家都被我们提出的这两个问题问倒了。会场的空气沉闷得好像要凝固起来，良久，市公安局副局长，一个老刑侦开了口：

"兵分两路。一路人马厂公安处副处长牵头，主要排查在厂区内犯过事的人，特别是刑满释放的，这一块你们应该很熟悉，注意联系服刑人员所在监狱，看有没有最近越狱的；另外一路人马市刑侦大队队长牵头，主要排查低收入人群，比如说民工。现在的情况我们也很了解，能够花钱解决的事情是没必要冒坐牢危险的。另外注意最近在市区内流窜作案的犯罪分子，特别是心狠手辣有案底的，他们作案的可能性也不小。"

对这样的安排大家都无话可说，的确是一个老刑侦说出来的，很是周密。事不宜迟，大家马上分头行动，三五声吆喝，厂公安处的人很快就离开了会议室，市局的人则继续留在会场具体分派任务。我知道那几天厂公安处的警察们有一些扰民的行为，似乎看不顺眼的人都是强奸犯。我可以理解他们，因为我完全可以理解战友的女儿被伤害到这种程度而自己却是一名以保卫人民人身财产安全为职业的人，这种强烈的心理冲击下我也会很激动。不一会市局抽调的人马也安排好了，一部分人配合交警在各交通要道设关布卡，严密排查，剩下的人都下到片区，四处询问这几天有没有什么人形迹可疑。

有意思的是老天把罪犯的线索交给了厂公安处：一个正在厂里搞基建的民工当天上午不知去向，他的失踪立刻成了一条线索，警察向工友一打听就知道他是一个左撇子，刑警们马上就兴奋了起来，仔细调查后发现他新婚刚刚半年就离开了家，最近经常出没黄色录像厅；而他的工具箱里面正好少了一根锯条，剩下的锯条型号和现场发现的一模一样……

下面的事情就顺理成章了，市局派出刑警赶到嫌疑人的老家，为了保证生擒罪犯，他们和当地公安半夜摸到了嫌疑人的家，一脚踹开门后还没来得及让嫌疑人有任何反应，几个彪形大汉就一拥而上，把嫌疑人死死地按在了床上……

没有人对罪犯就是他有任何怀疑。左撇子的特征以及对犯罪情节的交代和我们现场重建的结果一模一样，而且他一到现场就把几百个人都找不到的眼球找了出来，但是大家还是不明白他为什么要剜受害人的眼睛，一个好奇的小警察终于忍不住问了他这个问题，罪犯木然地抬起头来，说："我晓得人死之前看到的东西会留在眼睛里头。"

"你怎么知道人死之前看到的东西会留在眼睛里？"小警察又惊又怒，这根本就是无稽之谈啊！

"村里的老人都这么说的。"罪犯还是那么平淡……

破获这起案件没给我带来太多的欢乐，随之而来上级的奖励也不能使我有点兴奋。其他几位同事还在讨论着什么眼球移植之类的事情，但做过医生的我再清楚不过了，这个女孩会永远失去光明，就算时光可以抚平她心灵的创伤，但黑暗毫无疑问将伴随她一生。

一个月后在当地召开公捕大会的时候群众几乎都是这家工厂的，大家对犯罪嫌疑人民愤极大，虽然谁都知道等待罪犯的只有死刑，但是还是有很多妇女们朝他吐口水，并且往前冲，几个人甚至穿过了警察的防卫，对嫌疑人又咬又打，大会不得不草草结束，武警们组成人墙把脸色苍白的犯罪嫌疑人带离会场，但这也阻止不了已经开动的警车被人群中飞来的砖头打了一个窟窿。

女孩反倒是所有人中最乐观的，她在黑暗中充实着自己，案件发生后没几天她就要求男朋友给自己放音乐，用笔和朋友"聊天"，因为她暂时还是无法发音。半个月后她的气管插管被拔除，病房里时常传出她欢乐的笑声，笑声和音乐混合在一起，它似乎能让仅仅只是路过的我心情也变得欢快起来，就连天色，似乎也变得更加晴朗了。回忆起这一切，我甚至能感受到当时雨过天晴，阳光透过病房窗户所带来的芬芳。

过了几年之后，我又因为公务的原因回过这个地方，听说她的男友和她分手了，我沉默了一会，觉得这个男人还是可以理解，因为这是一个太封闭的小区，这件事会成为几代人的谈资，我很想问一下她现在还好吗？但最终嘴唇努了两下，没问出口……

人生：

谢谢你给我们分享你的经历，
我心里也不好受。
确实有些人（不配称为人）不知如何评价，
伤害别人是不对的。

婕：

看到那女孩的故事我亦流泪了，命运掌握在强者手里，
为她自己的永不放弃而感动。这样的人，应当获得幸福。
祝福她！

听风：

人没法选择下一秒会有什么事发生在自己身上。但是可
以选择如何去面对。就像这位坚强的女子，在此我用一
分钟的沉默和发自内心的尊敬向文中的这位女子表示我
的祝福。

我是法医：

我也沉默了一分钟。我觉得你的话像是一种诠释，又像
是一种感悟。这几句话让我感触很深。

路过：

故事发生的城市拼音里有个标志性字母 Z 对吗？
如果是，
那么我告诉你，
那女孩结婚了，还生了小孩。

据我从医的妻子说，进医院手术室做剖腹产的时候，那女孩的老公一直跟着，紧握着她的手，深情地望着，细声安慰。

为这事情我还被老婆批，

她说："你看别人老公多体贴，如果我眼睛瞎了你还会对我好吗？"

我说："你眼睛不会瞎啊！"

结果我获得了不敢面对现实的罪名。

我是法医：

谢谢这位朋友的消息！你让我哽咽了！

一起强奸案

11

我是法医

母　爱

13

1

　　当我看到肇事车辆的时候，它已经静静地停在交警队的院子里。一辆很普通的桑塔纳，如果不是绕到它的前面，看见前保险杠撞坏了一点，前挡风玻璃在最上面的地方破了，车顶的铁皮也有点凹陷，还真看不出来这辆车仅仅在两天之前撞了人。

　　其实这不是我的本职工作。检验车辆自然有专业人员，我并不知道该如何检验车辆。其实陈主任也不太满意我的这种"不务正业"，我明白他的意思是我们的案件够多了，这种事情我们就没必要亲自去——看看车检报告不就差不多了吗？但是，在交通事故中我还是喜欢自己去看看肇事的车辆，如果能看得到的话。读到后面大家就会明白，那是因为这样可以让我知道我该重点检查死者或者伤者的哪个部位。

　　这是一起司空见惯的交通事故。这辆桑塔纳把一个挑着担子的农民撞了。据肇事司机说这个农民挑着担子突然冲过来，他根本来不及刹车。周围的目击证人都没看清楚具体是怎么回事，只听见一声闷响，车祸就已经发生了，被撞的人躺在地上，血流遍地，而货担里面的蔬菜撒了一地。

　　坦率地说这种案件中我对肇事司机和受害人的证词（如果有的话）都不太相信。因为双方都会尽量想办法减轻自己的责任。这起案件被撞的人没有死，但他也说不了话了，我知道他被撞之后很快被送进了就近一家医院的骨科。

　　拨了几个电话，很快我就知道管床的医生正好是我的一个朋友，平时我管他叫"铁匠"，他要去做手术了我会开玩笑："又去打铁了？"我之所以叫他铁匠，有两个原因，第一是他的确十分健壮，用北方话来说就是"浑身疙瘩肉"那种，很像我心目中的铁匠；第二是因为我在外科当医生的经历让我知道，骨科医生拿着些什么髓内针、螺丝、钢板、钢丝之类的材料做手术的时候给我的感觉他们好像不是在做一个精密的手术，而是在打铁一样，甚至有可能因为说一块钢板和患

15

者的骨骼并不完全符合等等原因,他们真的要在手术台上把那块钢板拿来敲敲打打。

在他的带领下我很快走到重症监护室。这时候的伤者在日光灯的照射下显得特别的苍白。这原本应该是一个健壮的小伙子,我知道他才十九岁,高大的身材显得病床似乎应该再长一点。可是这个时候满身的医疗器械让他看上去有点怪异:头部裹着的绷带占据了大半个脑袋,厚厚的白纱布里面一边冒出一根橡胶管,看来这是个广泛的脑损伤,大脑左右半球都有损伤,而且医生还认为有可能慢慢积起来的血液会再次挤压脑组织,所以干脆把淤血引出来。气管做了切开,呼吸机正在有规律地运动着;手上、脚上都在输液;他的下肢则装了一个古怪的外固定架,五根钢针垂直从皮肤里面冒出来,然后又被一个充满关节的不锈钢家伙一起联接起来。这一切告诉我伤者可能是开放性粉碎性骨折,这种情况下内固定的钢板很难固定,而且容易引起感染,所以只好加上这么个古怪的东西(当然它的好处也有的:可以随时调节)。

受伤的部位和我想象的一模一样:汽车的前保险杠撞在了他的左腿上,然后由于惯性的作用他倒向了汽车的挡风玻璃(这个可能和平常想象不一样,但是回忆一下初中的物理学你就会明白了),头部撞在了车顶和挡风玻璃之间,再然后他极有可能飞了出去,落在地上,虽然这次落地到底给他带来些什么损伤我还看不出来。不过到这里损伤就停止了,因为我没有看见像某些案件中的伤者那样,还有因为车刹不住而在伤者身上留下的碾压痕迹。

但是目前我还看不出一些更具体的情况,比如说受伤者被撞的时候身体的姿态。如果说肇事司机说的是真的,那么伤者应该是侧面被撞击。但是目前伤者全身都是纱布,浑身又布满了医疗器械,我还真的没办法检查清楚。

母爱

2

　　看来我只有求助于我的医生朋友了。车祸当晚铁匠亲自动的手术，加上又是管床医生，应该是对病人了如指掌的，先听了听铁匠对患者病情的意见。他很不乐观：患者的颅骨碎裂得很严重，手术中切开头皮颅骨几乎掉了下来；上矢状窦（紧贴颅骨的一根从前到后拇指粗细的"血管"）严重撕裂，我知道这里的血窦直径很大，但是特殊的组织结构（缺乏有弹性的平滑肌）会让哪怕是修补的针眼都严重渗血，因此不到四十八小时两根头部的引流管已经引流出二百毫升淤血，按道理他想再做个CT，看看引流是否充分（留在颅内更加危险），但是家属没钱了；脑组织广泛挫伤，手术中他就不得不切除了部分坏死的脑组织，而且一边给颅骨开了一个大窗户，给脑组织减压；现在脑水肿严重，患者已经出现脑疝症状（脑组织严重受压，挤到了别的地方，这往往是死亡的前兆）。他甚至认为伤者之所以现在还活着只不过是因为年轻而旺盛的生命力，如果换一个年纪稍微大一点的现在早已经在太平间了。

　　相形之下，患者腿部的粉碎性骨折只不过是疥癣之患，但是那却是我关注的焦点之一。我拿来了术前的X光片，想仔细研究一下。很遗憾不是所有的案件都会像教科书一样，教科书里这种情况会解释成所谓的"楔形骨折"，也就是骨折碎片加起来好像一个三角形，尖端指着汽车行进的方向，而底面就是撞击面。我

17

曾经在无数的交通事故中看见过这种骨折,它甚至能告诉我们逃逸车辆原来的行进方向;但是这一次它失灵了,五六块碎骨一团乱麻一样彼此重叠着,交叉着,一个平面的 X 光片根本容纳不下这么多信息,只看见一团糟。

我得说人体结构之复杂,会给我们带来很多困扰,比如说这种情况,如果是一截木棍被撞,那么它的断端指向的方向就是受力的方向,但是人体就不同了,碎裂的骨片会受到肌肉的牵拉,会受到组织的缠绕……

正当我和我的朋友在护士办公室连比划带画图地讨论着患者的骨折情况的时候,我听到对面病房传来一声并不太响亮的女声:"卖牛!"接着一个中年男人走了出来,蹲在门口,愣愣地望着墙角,一声不响大口大口地抽着烟;随后是一个农村妇女走了出来,嘴角紧紧抿着,带着坚强和委屈,眼眶红红的,显见得刚才还哭过,手上拿着医院的一次性脸盆,到洗漱间去了。

显然这是伤者的父母。我苦笑了一下,这也是我司空见惯的。肇事司机在法院判决之前玩一点赖皮屡见不鲜,甚至还有判决之后拒不执行的,现在离事故解决还早得很,首先是二十日之内我的鉴定书和车辆检测报告,然后是事故责任认定书,然后是可能旷日持久的诉讼……而家属来自农村,已经无力支付医疗费用。卖牛!我知道牛对农民意味着什么,那是来年的希望!

我无言以对,我只能继续做好我的法医。

3

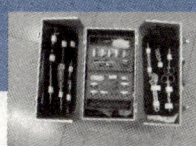

母
爱

　　我和铁匠的讨论不得不马上停止了，虽然我还是不得要领。医院又来了一个患者，一个玩滚轴的时候不小心（是单纯的不小心吗？）从两米高处摔下的孩子，显然他的脚骨折了。我不禁哑然失笑，我们的电视台在拍摄这种技巧复杂的运动的时候手段可以称得上是炉火纯青，连我这个外行都觉得看得目眩神迷，但是是不是也该给孩子们一个提醒，这项运动也是有风险的呢？

　　我觉得我和铁匠这次沟通最大的障碍是由于我们职业的不同造成的，他关心的是患者的治疗，比如说下肢骨折，他关心的是能不能很好地复位，会不会有死骨形成；而我关心的是损伤的机制以及成因，但这却不属于他的职业范围，因此每当遇到这样的问题的时候，我还是必须自己去看X光片，所以放射科的医生也很熟悉了，我转身来到了放射科，既然腿部的骨折没帮上我什么忙，我只有在头部的CT片上碰碰运气了。

　　我得感谢美国这个品牌的螺旋CT。一般的CT显示的都是一个人体的横断面，但是这台CT（当然只能在医生的电脑上，或者确切地说是图形工作站上）却可以根据这些横断的影像资料把颅骨三维重建起来，于是我可以对患者的颅骨任意角度任意切面进行观察，而这一切只需要把鼠标拖拽几下。没有它的帮助我可就麻烦多了：在我读本科的时候根本还没有横断解剖这门功课，CT片我勉强能

19

看懂，但是要在心里形成这样的一个三维图像就不可能了。

这一切都不是科幻，我得告诉大家我写的最多算纪实，决不会出现任何科幻的成分。我一直对这套系统垂涎三尺，但是无论是它的硬件还是软件的价格都让我望而却步，好在我最近好不容易弄到了一套可以在我的个人电脑上完成这一过程的软件，虽然它没有放射科的那么完美。

在放射科这套软件的帮助下我很快弄清了车祸撞击的过程：当然首先是桑塔纳最突出的前保险杠撞在了伤者的腿部，然后是车辆的挡风玻璃和车顶交界处撞到了伤者的后脑，造成了一个凹陷性骨折；然后是伤者飞出去，撞在坚硬的地面造成了一个所谓"同心圆"骨折（好像我们在桌子上打鸡蛋，鸡蛋的裂缝会由一个个环形组成，中间再加上一根根放射状排开的裂缝）。这两者是如此的不同以至于我一眼就可以区别出它们，然后我还可以根据所谓的"T"字原则证实我的判断：当由后一次撞击造成的骨折遇到前一次撞击造成的骨折的时候，就不再往下延伸，在局部形成一个小小的"T"字（显然伤者先撞到车上才会飞出去撞到地上）；这也解释了为什么铁匠做手术的时候颅骨几乎快掉下来：一前一后两处骨折由于这些骨折线交汇在了一起。

这证明肇事司机在撒谎。显然伤者正好好地走在路上（但他也没有遵守交通规则走在人行道上），司机由于某种缘故没有看见他，甚至没有减速就重重地撞在了行人的身上；至于是什么缘故或者说司机当时到底在干什么这就不是我的专业范围了，不过按交警朋友的说法，肇事司机后来承认他当时在接电话。这又是一个司空见惯的原因！

我的工作告一段落了，因为关系到责任认定这一部分的鉴定书是有期限的，我必须在二十天以内完成。但是我的工作并没有结束，因为还有伤者的最后损伤程度以及后遗症的鉴定很有可能还是会由我来完成（这一部分由于现在还在治疗中，显然我无法完成）。所以每次有机会（这些机会要么是交通事故，要么是人体伤害给我的）去铁匠那家医院，我都会顺便了解一下伤者的情况，一个月过去了，奇迹没有发生，伤者还离不开呼吸机，也就是说他脑干管理呼吸运动的那一部分最基本的生命中枢还没有任何活力。铁匠是一个极端负责的医生，我亲眼见过他因为病情紧急而在医院走廊上奔跑的情景——走廊的地面会因为他而震动，每当出现这种情形我都会会心地微笑着，因为我也曾经是这样一名外科医生。我总是想这种震动可能可以赶走死神吧？但是这一次他也灰心了，因为一个月后再苏醒的可能性就极小了。而这个时候家属不仅是把牛卖了，房子也搭了进去，可是在这么重的病情下这一点钱够干什么？房子的钱还不够一个礼拜的医疗费用（农村的房子本来就不值钱，还急着要脱手）。铁匠也很心痛，甚至组织了一次医院的募捐，但是还是杯水车薪，无济于事。伤者的父母兵分两路，父亲在老家专门借钱，我可以想象他因为借贷无门在故乡度过了多少个不眠之夜；母亲则在医院照看着孩子，因为实在是没有钱进行"全静脉营养"（这种情况伤者不能吃东西，营养需要通过静脉补充），她甚至学会了用胃管注射牛奶；但是伤者还是一天天瘦弱下去，而且看不到任何苏醒的迹象。

这一天铁匠实在是忍受不了了，他给伤者做了一个脑电图：没有任何迹象表明伤者还有脑部的活动，他开始劝伤者的母亲放弃。但伤者母亲唯一的回应是当天拿出了卖血的钱要求再给儿子注射一次静脉营养。

母
爱

21

4

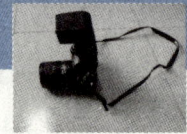

　　那一天肇事司机一方终于出现了，确切地说不是肇事司机，而是他的代表——一位律师。而我正好在场，目睹了发生的一切。我得承认虽然无数次见到那位母亲，甚至有时候当我来得很早的时候会看见她由于没钱住不起任何旅馆（也许更确切地说是为了节省每一分钱），也住不起"加床"（为照顾患者必须彻夜守候的家属们可以付一点钱，让医院放一张床在患者的旁边，很多人可能经历过），因而蜷缩在儿子脚头的情形（她是那么小心，生怕触动了维系儿子生命的任何东西，在那个时候她总是显得格外弱小），但是那是我第一次仔细地端详她，端详她竟然可以爆发出那样的力量。

　　律师来的目的十分明确：劝家属放弃治疗，显然治疗费用最终会转加到肇事司机身上，他不愿意在这个无底洞上浪费自己的金钱了（这更证实他对医院发生的一切其实了如指掌，而且他不是真的没钱，至少他有钱请律师）。他甚至带来了一个我的同行（我必须这么称呼他，虽然我十分不情愿），这个同行的诊断是患者已经脑死亡。律师甚至提出如果家属签字放弃治疗，停止呼吸机的运作的话（铁匠出自怜悯会愿意这样做的），他们可以马上给一定的经济补偿，比如说两万块钱。母亲对他的回答是把热水瓶摔在了地上，让他们滚。热水瓶摔碎的声音引来了围观，而飞溅的热水和玻璃屑让律师退了两步，他几乎就站在门口了，但是他并没有放弃，而是试图通过增加价码让母亲心动，这时候母亲突然发疯了一样对他又咬又打（这一刻她简直像一头发了疯的母狮），并且把他推了出去，重重地撞在了病房外医院走廊的水泥护栏上，幸好走廊是封闭的，护栏上的铝合金窗户救了他的命，不然他早就变成一具要我解剖的"高坠"了。

我得承认母亲这样做不合法，他对一名法律的象征：律师进行了人身攻击，而且这一次人身攻击是如此的严重，以至于后来我从铁匠那里得知律师断了一根肋骨（当他拿着X光片哎哟哎哟的时候，据说一个性格直爽的护士骂他活该）。所幸的是我没有听说这名律师提出任何诉讼（这应该是他的强项，看来他还是有良知的），我或者我的同行也就没必要为他写一份鉴定书了；我很庆幸这一点，因为在这种情况下我还是必须实话实说，但那会让我心里不舒服好几天。

但是我也得承认这是母亲在那种情况下唯一的选择，这场较量是如此的不平衡：伤者家属忙成了一锅粥，甚至来不及拿着已经到手的交通事故责任认定书去起诉肇事司机（这种情况及时起诉是有必要的，法官可能可以进行财产保全或者冻结账户之类的处理，这会比我的鉴定书直接而且有效得多）；而肇事司机一方则以整待暇，选择了一个最好的出击时间。律师显然和母亲在对法律的了解上不是同一个重量级，我甚至觉得他在一开始和母亲谈话的时候有一点猫戏老鼠的成分，但母亲最后的爆发让他自己成为了一只狼狈的老鼠。

当律师最终离开医院的时候，母亲好像是一个刚打完仗的战士，突然瘫软在地上，她甚至来不及整理自己在扭打中因为扣子脱落而暴露出来的胸怀就坐在了地上，嚎啕大哭起来……

我得承认，那一刻我的眼眶红润了。

23

5

　　我不知道是什么发挥了作用，当然我不相信神鬼，但是奇迹慢慢地发生了。在一个月零两个礼拜的时候，儿子可以自主呼吸了（铁匠是一个如此性急的医生，以至于每天都会把呼吸机停掉观察一下患者是不是能够自主呼吸了，我甚至有一次发现他一天之内这样做了至少三次），于是铁匠停了呼吸机，给他面罩上氧，然后也转出了重症监护室。这显然给母亲带来了莫大的希望，她从家里带来了一筐鸡蛋感谢一直照料儿子的医生护士，这是她在儿子遭遇车祸后第一次离开医院，当她洗漱整理后容光焕发地出现在医院里的时候，我几乎认不出来她了。

　　医生护士实在是无法拒绝她的好意，每一次还给她她又会悄悄地拿过来。所以医院骨科又组织了一次捐款，但这一次她说什么也不肯要了。

　　我不想编造一个完美的结局欺骗大家和我自己。病人一天天地好转，很快就不需要氧气了。但是当车祸过去两个月差三天，当儿子最终睁开双眼的时候，他已经认不出妈妈了，更无法意识到他身处何方，他无法进行最简单的十以内的加法，甚至无法自己端着饭碗吃饭，每一口都要妈妈喂，而且由于脑组织损伤后修复所形成的大量疤痕，儿子随时会癫痫发作。但母亲毫不气馁，在儿子的耳边一次次地教他喊"妈妈"，当我后来发现儿子的病房里出现了一块小黑板而母亲在教儿子 $2 + 3 = 5$ 的时候，我再次被震撼了，我问起母亲，母亲幸福而骄傲地回答："我就当我刚把他生出来好了！"

极朴实的回答。我想不出更朴实的语言，也找不到更好的理由解释母亲在这种情况下还能感到幸福而满足。而这一切，母亲表现出的不正是天下所有的母亲温暖而坚韧的母爱吗？我们不都曾经享受过这种母爱吗？上天或许不会在我们遭遇这样一次车祸的时候再给我们第二次生命，所以，我们是不是应该因此更加珍惜这一次，这唯一的一次呢？

我很庆幸最后这个案件的鉴定工作（对伤残程度和精神智力障碍的鉴定，这是法院判决赔偿多少的依据）又落到了我的身上，我可以再一次接近这位可爱、可敬的母亲，虽然我必须驱车颠簸在山路上好几个小时（按照程序我应该让他们来，而不是我去，但是我很愿意这么做）。

看到母亲的时候她还是那么朴实，虽然她对我的造访猝不及防，但是她很快就认出我来，拿出自家的落花生招待我。儿子这时候挑水去了，当他回来，母亲为我端上一碗山泉解渴的时候，我的心似乎被这山泉慰平了。

下面我的出现似乎就有一点画蛇添足了，但是我还是想告诉大家，几天后当我在鉴定书上写下"智力中度障碍"几个字的时候，我觉得自己的鉴定是经得起推敲的，因为虽然儿子的语言还很贫乏，但是他已经可以简单地劳动了。虽然相比重度智力障碍而言这可能会减少这个家庭获得的赔偿，但是我想这样更让我觉得欣慰。

对了，差点忘记告诉大家，这个家庭最终获得各种赔偿总计人民币二十三万元多一点。我得承认，这不是我的功劳。

网友评论选登

csifan:

开始做一件事时会有一种新鲜感，但在新鲜过去之后，是否能再接再厉就看你的源动力有多强了。从事犯罪现场

25

分析最重要的就是保持客观性 (objectivity)，开放思维 (openmindedness)，主观感情会影响对证据的分析和判断，甚至会出现忽视证据的情况 (overlook evidence)。不过说来有意思的是，我相信真正能够一直激励人长久从事这项别人眼里很恐怖的工作的源动力，恐怕是法医们对生活的爱 (love to the life)，对他们周围人的爱(feeling for the people)，或者说是 humanity。

说说我的个人喜好，我喜欢看刑事案，包括可疑状况下死亡 (death under suspicious circumstances)，另外你觉得有社会意义的民事纠纷也可以多写些。中国要成为一个法制社会还有很长的路要走，在很多情况下，如果大家能多一点理性分析，很多本可以避免的事就不会发生了。

胡九娘：

尊敬你，尊敬你所尊敬的人，因为你有颗善良正直的心。

蒹葭：

很喜欢看这种源于生活娓娓道来的实例，即增长知识又听到故事，还看到生活百态，一定要继续哦！谢谢！

吸血妖皇：

有点像法医版的《卫斯理》，大家觉得呢？

不错：

同感，确实类似卫斯理。
卫斯理系列有很多文章标题也都是两个字的，
叙述的语气给人感觉很平静，
但又很心中有数，
仿佛一切都尽在掌握中。

Eileen：

原来法医不单单是只是定义上的法医，看了这篇文章给我一个感觉：好的法医他的知识是系统性全方位的。
相信你是个好法医。

冬冬：

看到这段，我的心好酸。前几天刚和一女朋友聊天时聊到这个问题，她说和一些司机朋友聊天时，有一个司机朋友的原话是这样的："撞了人，撞伤倒不如撞死。"司机同志也并非无情之人，他只是觉得撞伤或者撞击残废，那一辈子的支出还不如一次认罪赔清干净也省事，而不用一辈子都在照顾或者支付伤者的医疗费(无语)。这样的想法是不是也有一定的代表性呢？

Moma：

每次过马路，我都提醒自己：要小心，千万不能出问题，因为我是妈妈，孩子还小，为了她我要特别小心。这是母爱吧，是天性。您是一个感性的人，从事理性的工作，写的是感性的文字，支持您，继续努力啊。

Smart：

开车的时候还接手机太缺德了。

csifan：

Doctor，有空帮我向铁匠致以最诚挚的问候，希望像他那样负责任的医生再多些。

大道：

谢谢你的文字，我是一名律师，为你这个案子里的律师同行的行为感到羞耻。有个笑话用来形容律师：律师和精子一样，都有千万分之一成为人的机会。唉，尽管我也有很强的职业自豪感(相信每一个热爱自己职业的人都会有)，但听到这个笑话时，还是感到悲哀、无奈。我们都应该坚守自己的职业道德和做人的道德！当两者有可能发生冲突时，需要做出平衡，但最起码不能超过普通公众的道德底线！你说是不是？！

云雨雾：

母

爱

27

一个伟大的母亲！让人叹服！即使她的儿子已经希望渺茫，但她却没有放弃，父母可以为儿女付出几乎一切，但为人子女的为父母付出的又有多少？有的儿女看到此种病情几乎都放弃了。感叹此种母爱的伟大！
也希望我们的社会有更多有良知的人！

csifan：

Doctor，想借你宝地说些题外话。
大道，我想问一句，有没有可能律师向受害人，比如这里的伤者，提供法律咨询，比如帮着受害人家属起诉肇事司机，走正常的法律流程。当然，我知道受害人的经济状况是没钱请律师的。但我想问的是，在律师自身营收状况允许的情况下，有没有可能提供公益服务。或者说现在有没有这样的非赢利性(non-profit)的"公益法律服务"组织？
大家请不要觉得我这个人太冷，我认为受害者的利益应该得到保障，但我是希望这些利益可以通过正当的法律途径得到保障，比如及时起诉肇事司机之类的。当然，多少钱都不可能与人的生命划等号。

心尔：

再扯些题外话，记得似乎有类似免费咨询的项目。但人们本身的法律意识不健全，根本想不到用这些途径去保护自己，所以才会从受害者向伤害者的角色转变。

我是法医：

司法局会有组织律师进行法律援助的。但是要经过申请，并且符合一定的条件。现在有的律师搞"风险代理"，就是赔了钱再收费，但是一般是比如说赔偿额的百分之四十，比较高！

迷迭香：

法医说的没错，"司法局会有组织律师进行法律援助的。但是要经过申请，并且符合一定的条件。"而且数量每年有一定的限制，可是目前的情况是，即使是每年为数不多的数量限制都不能用完。也就是说，一方面弱势群体得不到正义的有力的支持，一方面我们的司法援助还躺在角落里静静地无人问津。可见政府在这方面的宣传还有待普及。

月域苍狼：

看完了，说不出什么。
不是没话说，而是心里太乱，不知该怎么说好。
愿天下好人有好报。

nancy：

尊重事实，实事求是就是法律工作者的准绳，想要做到这一点真的很不容易。

小鱼：

想起我们学校前段时间发生的几起跳楼自杀事件，如果那几个学生在高楼顶上决绝地迈出一小步前能看到这些文字，他们会不会迟疑些呢？心中的魔障可能已经使他们忽略身边无声无息但绵延流长的属于自己的那份母爱。珍惜生命，唯一的一次。生命就像博客里的这首BRESSANON，虽然沉重，但孕育着一种勃发的力量和希望。

wanren：

这位母亲确实伟大，也很佩服你在现在物欲横流的社会中能坚定、冷静地维护自己的职业操守。愿好人都能一生平安！！

九斤：

眼泪已经停不住了。
真感动，一种情可以这么深！
浮躁麻木的社会需要这种厚重的情感支持。
谢谢你的讲述，让我们知道了世间有情。

Zb：

母
爱

29

朴实的现实用文字记载下来确实如此的感人,这就是母爱。

无边的幸福生活:

看完了,感动之余我在想,如果你迫不得已作了那个肇事司机的代理会有怎样的结局呢?我们心底的良知会不会屈服?

icenull:

看到第三章的时候,我就提醒自己不论结局是什么,都不要哭,最后还是没忍住眼泪。
祝愿这个母亲和她的孩子在以后的生活里远离不幸,祝愿所有的母亲和她的孩子都能远离不幸......

新歆然丫:

满含着泪水看完最后两篇,
我初为人母,我知道,如果我是那位母亲一定也会这样做,一定也会说出那样的话,一定也会坚强!
因为母爱从来就是那么自然而然地流露,从来就是坚强与感动的代名词!

CoolCat:

深入浅出的专业知识+不动声色的理性+深沉而热烈的情感。
看了真的很感动,觉得母爱确实是无私!!!

真心的祝福:

说真的,在看那句"我就当我刚把他生出来好了"的时候,我的心有点闷,我的呼吸减慢了,我的眼有点湿......
现在我祝福这对母子一切过得好,孩子快快"长大"!

nancy:

只有真情才能动人,相信《母爱》可以感动所有读者。

压　力

31

1

那也是在我开始法医生涯没多久的时候。我是第一次遇到这种情况，随后的职业生涯中类似的情况虽然很多，但是双方的冲突从来没有到那么大的规模，给我的压力也从来不会像那次那么大……

　　故事发生在一个小山村，一个非常偏远的地方。我曾经来过这个地方，是因为一起兄弟俩突然同时暴死的案件。对于一个山区家庭仅有的两个壮劳力突然死亡那意味着什么呢？那和天塌下来没什么两样，白发苍苍的老母亲报了案。

　　关于那起案件我们很快就分析清楚了原因：两个死者接触在一起死在一块稻田里，旁边有山民为了防止野猪侵扰私设的电网。尸体上有典型的电流斑，那是强大电流击穿皮肤造成的特有改变：中央是一个烧黑了变硬的电流出入口，四周的皮肤像火山口一样隆起。放在显微镜底下就更明显了，电流的出入口往往有电极融化的金属屑，一般是绿色的铜，这能帮我们判断电极金属成分；原来杂乱的鳞状上皮细胞会像被梳子梳过一样，变得整整齐齐，细细长长；而下面的蛋白质会凝固起来，失去原有的结构。看到这些我们断定，兄弟俩一人触电，另一人立即前去试图拉开，结果却是两人惨死在一起。这是犯罪分子再狡猾也无法模拟的。但是我只能对兄弟俩因为用电常识的缺乏叹一口气，因为这种情况用手去把已经触电的人拉开无异于自杀，事实上也很难拉开，哪怕自己是不怕电的——这个时候电流造成的肌肉痉挛让死者离不开电极，而这种痉挛的力量远远大于一般的肌肉收缩。正确的做法是应该断电或者用木棍拨开；后续的工作要是懂得一点心肺复苏的急救技巧，被电击的人生存机率会大得多，摸摸他没有脉搏了，在他胸前心脏的部位打上一拳也会很有好处。

　　当时给我留下深刻印象的不仅仅是兄弟俩用电常识的缺乏，更深刻的是小山村的贫穷。很多人还住着土坯屋，甚至没有一件像样的衣服，坦率地说很多家庭全部的财产比不上我们固定证据用的尼康f-100相机。我还想饶舌两句,在我们国家私设电网致人死亡判得很重,甚至极有可能重于你故意把别人打成重伤甚至死亡。这可能有点难以理解,但是我们国家对这种情况第一认为是一种故意,虽然不是故意杀死某一个人,但是电可以电死人小孩都知道,因此是一种放任自流的故意,放任这种可能发生(放一块"有电危险"的牌子帮助不会太大);第二虽然不是故意去杀某一个人,但是危害的是不特定多数人的生命财产,而不止一个人,因此这种情况有个很吓人的罪名:以危险方法危害公共安全罪,和什么纵火、投毒、决堤是一类罪名。

这一次命运又把我拉回了这个小山村。一大早我还在迷迷糊糊的睡梦中就接到电话要紧急出动(我的手机永远二十四小时开机)。然后我又迷迷糊糊地在盘山公路上盘旋着,一下车,我几乎惊呆了:警车把我们拉到了镇政府。镇政府在一个山谷,现在是一片狼藉:一楼的玻璃没有一块是完整的,办公用品一地都是,许多柜子被砸坏,一具老人的尸体正摆在镇长办公室的办公桌上!

这还不是让我最吃惊的。让我最吃惊的是,山谷两边的山头上站满了拿着锄头、洋镐的山民,少说也有几千人,加上看热闹的肯定过万。现场虽然是把县里可以调用的警力都调过来了,但那几十人好像胡椒面一样撒在人群里看不见什么影子,何况他们还要注意自身安全,十几个人扎成一堆,让人几乎觉不出有什么警察;而这个时候,两位显然是带头的老族长走过来,对我们当头就拜,喊着:"青天啊,你们要为我们做主啊!"

我向老天起誓,那一天县里的几个哥们没有按照一般原则先向我如实介绍案情。我几乎是被他们骗来的。但是我来了就不能走,也走不了了。

很快我们就搞清了大致缘由。这片地方本来就非常贫穷，收税向来就是难题。最近税改费村民们意见不小，和政府之间小冲突过好几次，可以说本来就是一个火药桶，而这一次是因为计划生育工作出了问题。几年前计划生育工作的确抓得有些过严，所谓"通不通，三分钟，三分钟后龙卷风"，什么扒房子、毁地的都有。这位老人当然早就过了生育年龄，超生的是他的儿媳，儿媳到外面打工做了超生游击队，计划生育工作组来找没找到，就把老人带走了，老人是坐着计划生育工作组的摩托车走的，但是再也没有回来。

后面的事情就众说纷纭了，老百姓认为老汉平素健康，前一天还下田劳动，怎么会突然死亡？带走老汉的时候就是推推搡搡，出了村子一定打了老人家。计划生育工作组则坚持没有这回事，他们还把老人送进了医院积极抢救。谁是谁非？不做尸检是搞不明白了，所以县里一大早就把我们叫了过来。但是家属群情激愤，尸检能行得通吗？

我们出发是早上，到达时已经是下午，是吃饭的时间了，县政法委书记请我们吃饭，这饭不好吃，我知道。不过政法委书记肯定比几位老族长有水平，先讲了一番县里三大班子是如何重视，三位县常委停下一切手上的工作坐镇指挥，然后就奔了主题，他的话还真是发人深思，言简意赅。他说的是："当前，安定团

35

结是大局！"

我得承认我就是一凡夫俗子，吃饭的时候我还真是在一通胡思乱想。首先是在肚子里狠狠地腹诽了几个把我们骗来的弟兄，现在从那个角度讲我也走不了了，只能硬着头皮干，可怎么干？

随便刨了两口饭我就把饭碗一扔，先是去说服老族长要搞清情况必须尸检。一般碰到这种情况我总是坚持尸检，不是因为有"对死因不明的尸体，公安机关有权决定尸检"这么一句法律条文，而是我觉得要搞清事实真相才是真正对得起死者，不然死了也是糊里糊涂！我们国家封建意识浓厚，在这个问题上老是有点转不过弯来。

老族长被说服了，当然我得向他保证我一定公正处理此案，我们带着他就去见父母官！当着双方的面说明了，我看见什么就是什么，决不颠倒黑白！然后，双方各派出代表，监督我的行动，两个好处，一是还有什么地方有怀疑，当场指出我继续解剖，第二，谁也别不放心谁！

当然，尸检之前还要进行一点法医知识普及。村民们派出的是村医，县里派出的是刑侦队长，两人一起见证，先说明，我还没见尸体，但是有些现象容易引起普通人误会的要解释明白。比如说尸斑，人体血液是不断循环的，一旦死亡就会停留在低下部位，例如躺着就会在背部、腰部等没受压的地方，如果尸斑已经充分形成了再移尸，我们会看得出来体位和尸斑不符，就通过这个简单的道理我们破获过好几起凶杀案件！但是就现在的情况，尸斑很容易被误认为是打击所致，所以先得跟他们说清楚，这两者之间是有区别的，第一是部位不同，尸斑只能在低下部位，第二是切开不一样，皮肤淤青是血管破了，血液早就渗入组织，是擦不掉的，尸斑按死亡时间看血液现在还在血管，一擦就掉！

我会永远记住那次尸检，市公安局派来了两车防暴警察，两车防暴警察整齐地从两辆军车上下来，齐刷刷地跑步到指定位置，人群立刻自动散开。他们组成了人墙，把我们保护在镇政府的大院进行尸体解剖。整整齐齐的一米七几的身高，整整齐齐的头盔，这时候，人们可以深刻体会到什么叫国家机器的威严！

3

压
力

　　我也说不清当时的勇气是从哪里来的，初生牛犊不畏虎的我居然成了数百警力外加一个县政法委书记这样一个场面的中心，不过这三板斧让我的工作变得简单了。有些事情其实就是这样，当你认为复杂无比的时候，是你自己把它想复杂化了。

　　老汉死于脑溢血。没有任何的外伤，但是计划生育工作组也不是完全没有责任。这是老人家第一次被拉去"见官"，虽然我到现在也没搞清楚计划生育工作组是个什么级别的官。紧张、害怕让他的心情激动，血压骤升，于是脑血管爆裂，很快死亡。像这种情况我们法医是这么分析死因的：直接死因脑溢血显而易见，照片和组织切片都可以作为证据。但根本死因是因为脑动脉粥样硬化，因为没有脑动脉粥样硬化的基础病变，一个正常人是不会因为情绪激动而脑溢血的。那么计划生育工作组的责任在于以粗暴的工作方式促进了疾病的发展，没有这件事情老人家很可能可以多活几年，我们把这个叫诱因。最后的处理主要是民事赔偿责任，简单地说就是赔钱。但是村民们砸了镇办公室，这是扰乱公共秩序，小则可以刑事拘留，大则被判刑都可能。可能是所谓的"法不责众"，或者是县里面不想把事情弄大，一个多月后象征性地把几个年轻人关了两天了事。

　　很难说这件事情对我的影响有多大。但是此后在遇到民事案件时尽量请双方当事人到场成了我的习惯。当面了解情况，当面尸体解剖，有任何意见双方当面提。没想到这种方式成为了一种化解矛盾的神奇方式，当双方知道问题会被公正地解决的时候，大多数人是讲道理的。而且这成为了实践 "决不颠倒黑白"这句话的可靠保障。每年看着不断有法医犯错误下马，我知道这句话说起来很简单做起来其实很难。在我以后的职业生涯中，多次遇到过类似情况，坦率地说，中国人"人死为大"，法医往往是矛盾冲突中的暴风眼，但从那次之后，无论场面有多么火爆，我从未觉得过一丝惊慌。

⌐ 网友评论选登 ¬

柔韧的花：

人世间的残忍！！！.....法医的生活？？？（惊讶，好奇！）

存梦法医：

我总觉得法医是不 般的人，他们不只是看到了腐烂的尸体，还有深埋的人性。

飞花似梦：

说真的，本来我很害怕，
但看完你的文章我很感动。很敬佩你！

致敬：

哈哈，真是开眼啊。知识就是力量 。

何金水：

很喜欢你叙述的方式和文笔，淡淡的，条理却很清晰，虽然我是千年万年的潜水员，但还是上来冒个泡泡顶你一下，谢谢你。

跳跳：

一个法医所能做的就是为死者说话，告诉世人他／她是怎么死的。

朱夜的粉：

你顶住了压力，好样的！

x 奇迹：

越真实的就越震撼。

未婚男子 ：

现代提刑官！喜欢看你的作品。

我是法医：

提到宋提刑，我想到的是日本法医学家渡边雄一的一句话，前半句很好听，他说："一二四七年他们就建立了现代法医学的全部体系。"他指的是《洗冤集录》的出版，后半句让我如骨鲠在喉，因为他说的是："但自那以后他们就再也没有发展了。"
我想这也是我选择法医的原因之一。

夫人：

嗯，信息公开比较重要。人们很多时候都会因为未知而害怕，而有出乎寻常的举动。真相可以很简单，却也可

39

以由于个人的遐想变得复杂。

过客：

公正我最喜欢了，人还是要讲道理的。
说到魔高一尺道高一丈，可是至理名言哪。

比看电视：

强烈关注，有点像纪实，很真实，过瘾啊。

随风：

非常喜欢看你的文章。
我认为你的故事，对普通老百姓很有意义。毕竟都是真事，真实的威力无穷。

飘散的魂魄

41

1

　　今天的法医室一反常态地安静，我一个人坐在电脑前敲着报告；和这项工作比起来我宁可出去办案子——虽说案情性质你心里早就有了谱，但是用经得起严格推敲的法律文书表达出来却是另外一回事。有时候得为一个概念怎么表达更恰当去查半天书，有时候甚至得为了一个字怎么用更合适而反复推敲，一份报告斟酌个好几天根本不是稀罕事；因为无论是内部的检查还是生效后的法庭质证。

我正在给昨天的检验报告写着初稿，办公室的电话响了。

电话是检察院叶佳打来的。其实每次叶佳打电话就肯定是个麻烦案件，因为检察院主要负责侦察的是国家机关工作人员犯罪。但是叶哥部队出身，人挺正直，加上几十年的老经验，我很喜欢和他接触，检察院人手不够，就他一个挑大梁，一有案件要人帮忙他常会找到我，所以一起合作过几次。

果不其然，这回是几个警察把一个吸毒人员带到一家宾馆六楼问话，三十分钟后这位吸毒人员就摔在宾馆的楼下了。听完案情简介我就眉头一皱，带到宾馆？为什么是宾馆？但是这种案件肯定棘手，高处坠落案件我们简称高坠，它和水中漂浮尸体（我们简称水漂）一起号称法医两大难：我计算过，高中物理告诉我们 $h=\frac{1}{2}gt^2$（h＝楼高，g＝重力常数，t＝时间），六层楼一般在二十米左右，二十米的高度如果把空气阻力忽略不计，整个坠落过程大约只要两秒钟。两秒钟！只有两秒钟！两秒钟的流逝一般人几乎都不会察觉到，但是正是这两秒钟让一个生命消失了，也正是这两秒钟内到底发生了什么我们必须搞清楚，这可谈何容易！

一提到高坠普通人的联想就是脑浆迸裂、断肢残臂。当时我改专业报考法医的时候朋友就很奇怪，我想很多人也会这么想，当法医要跟尸体特别是残肢断臂打交道，能不害怕吗？可能是几年外科医生的经历锻炼了我的胆量，现在的我一点也不怕残肢断臂，反而害怕干干净净什么也看不出来的尸体，那意味着什么线索也没有，怎么重建现场？怎么破案？相反，尸体损伤越多，说明罪犯留下的痕迹越多，重建现场的可能性就越大，这就是所谓的外行人看热闹，内行人看门道吧。高坠的尸体往往毁损非常严重，但是常常我们就只能根据这些严重的损伤来判断死者坠落前的姿势、坠落和翻滚的过程、有没有中间障碍物以及落地的姿势，再根据这些资料来重建现场。

一个多小时后，叶佳和我驱车赶到了案发现场，习惯性地我把四周环境观察了一下，宾馆环境还不错，比较干净，案发窗口面对着的街道比较狭窄。当地的公安、检察院的人员早就到齐了，也来不及寒暄，我们就直奔主题了。

一仔细观察，疑点越来越多。首先是这名死者不像其他吸毒人员一样瘦弱，胳膊上也不像其他吸毒人员一样全是针眼，再仔细观察一下他的鼻粘膜，心里基本就有底了。吸毒人员主要通过两种方式吸毒，一种是吸，不过不是像电影里那样直接吸白粉（这么干的人不多），而是用锡箔纸或者金属汤勺烧了吸，这种吸食方式会造成鼻粘膜的萎缩；另外一种就是注射，一般都是自己给自己注射，所以胳膊上常常满是针眼。但是这个人的确因为吸毒劳教过，剩下的解释只能有一个，他现在已经戒毒一段时间了。接着观察下去，等解剖一结束，我的心里已经跟明镜似的了。

我得告诉大家，下面我对死者身上每个痕迹的描述并不是按照我们发现的先后，我们对死者的检查会有一个固定的程序，但是如果按照那个顺序说会把大家听得糊里糊涂，不知所云，所以我把它们重新排了个顺序，按照发生的先后依次排列下来，就好像给大家放一遍电影一样，这样大家就不用像我当时一样烧死那么多脑细胞了。

首先发现的应该是死者右脚脚跟的灰尘。经验告诉我这绝不是高坠落地后脚跟着地造成的，因为如果是那样的强大的暴力会一直向上传导造成死者一系列的骨折，比如说跟骨、胫骨、椎骨，最常见的是颅骨底下枕骨大孔的骨折，这个地方正是颈椎和颅骨交界的地方，很容易发生损伤，而且，左足着地，力量传过去会造成枕骨大孔右侧骨折，右足着地则会造成左侧骨折，我没有发现这些现象，所以绝对不是落地造成的，相反，我在右脚的袜子和鞋垫上也发现了灰尘，这说明死者鞋子曾经脱落过，后来又穿上了，那么这应该是在抓捕过程中扭打形成的可能性大。

下一个发现的应该是他右大腿内侧的两两平行的皮下出血，和人们想象中不同的是人体被条索状物抽打后的皮下出血并不出现在打击物的下方，因为打击后由于受力正下方的血液被挤走了，反而是打击物两边毛细血管会破裂，呈现出两两平行的皮下出血，我们把这叫做"中空性皮下出血"，或者是"竹打中空"，当然这种现象会显示致伤物的形态特征，但是还不仅仅是这些。我们能推测出的是：首先打人的人是比较有经验的，大腿内侧比较痛，不容易被发现，同时他并不打算让他死亡，只是想让他说出些什么。其次对侧大腿和膝关节下方没有类似痕迹，我们可以推断出死者受打击时的身体姿势：跪下，双腿分开。因为用条索状物抽打如果死者是站立、双腿并拢的话，对侧大腿和膝关节下方应该有类似的伤痕，手臂上没有出现类似伤痕说明死者在当时是被完全控制的，不能本能地阻挡。第三，一般说来鞭梢力量较小，根据皮下出血的走势，我们可以推断出打人的人的位置：他站在死者的左侧，手向下挥动，这是心理威胁的体态，被打的人会由于看不到什么时候鞭子落在自己身上而害怕，这更加说明是为了让他说出什么：如果仅仅只是泄愤，打人的会站在对面，这样比较好用力。（我这里所说的方位上下左右内外的都是以人体站立，双手自然下垂，手心向内为标准的。）

然后发生的是整个案件的关键点，死者的手腕有伤，但伤痕没有出现一般捆绑物比如说尼龙绳的花纹特征，看得出来这是手铐形成的。奇怪的是手铐痕的特征和走向：左手的手铐痕从下外走向内上，十分倾斜，右手正相反，从外上走向内下，而且从手铐痕到大拇指下方有大面积的刮擦痕迹，这说明死者的手铐痕迹是在脱铐的时候形成的，而且，由于大拇指下方是手最粗大的地方，他脱铐成功了！脱铐是一种求生的本能，他并不是想死，而警方的目的也只是想问出点什么，为什么他最终会坠楼而亡呢？

45

2

　　我望着案发房间的窗口想，会不会是警察为了逼供做出了极端的事情，把他推到了窗外，结果失手坠楼，有没有这样可能呢？

　　如果是这样应该至少有两个警察同时动手，和电影里可不一样，死者有一百三十多斤，一个人根本不可能完成这个任务，不过看来宾馆的窗口没有那么大；同时坠落后那么短短的两秒钟时间和空中坠落的过程是不可能让他完成脱铐的，剩下只有一个合理的解释，死者脱铐是准备逃跑！

　　串起来一起回顾一下死者在脱铐前后的思维活动：显然警察是问了一件他知道但是不肯说出来的事情，以至于他宁可选择逃跑；这是一个很狡猾的人，在警察逼供的同时他的眼睛向四处张望观察环境，警察人数太多，从门口逃出不可能，他甚至试了一下，发现手铐并不太紧；同时他发现了窗口离对面的房子很近，还有一个很大的广告招牌（大家还记得在观察现场周围环境的时候我说事发窗口下面的街道很狭窄吗？后来我又去现场看过，如果是在平地，完全可能跳过去）；然后他选择了一个窗口没人的时候突然发难，脱铐而出准备从窗口跳到对面的广告招牌上逃跑，但是，百密一疏，他没有考虑到的是窗台！一是因为窗台有一定的高度是个障碍物，二是他原来是跪姿，加上房间内显然无法充分助跑，结果是坠楼而亡！

后面发生的事情在这个案件中就无关紧要了：坠楼后他先是横着打到了一楼的水泥雨檐上，这一下很重，水泥雨檐打断了他的上臂和肋骨，同时让他的身体发生了一个姿势的改变：变得头朝下落地，这两下的任何一下都是足以致命的，他的结局也就只有死亡了！

剩下唯一的疑问是：警察到底问了他什么事情让他如此害怕，以至于甘冒这样的大险也要逃跑？其实这也不难推断，后来当我把分析说给当时在场的警察听的时候，他们也终于说出了实情，完全证实了我的推断：死者可能在贩毒！哈哈，大家别以为我在扮事后诸葛亮，明明是问出来的却说自己是想出来的啊。我是这么想的：这个人不可能是因为吸毒被这样逼供的，在我们国家制造毒品、运输毒品、贩卖毒品都是犯罪，吸毒不是，它只是一个违法行为，何况一个稍微负责一点的片警对自己的片区有哪些人吸毒应该是了如指掌的，这些人随时可能因为缺乏毒资铤而走险。他虽然已经戒毒一段时间了，但是吸过毒的人都知道贩卖毒品是一种什么样的暴利（如果不被人发现的话），因为他自己深有体会；然后是贩毒的刑罚足以让他做出这样的举动，甚至有人随身带着枪支、炸弹贩毒，对他们来说不成功就成仁。

事实证明我的分析无懈可击，警察是收到线报他在贩毒，但是第一从身上没搜出来，第二人已经死了，线索全断了，他们也只好哑巴吃黄连，有苦说不出了。

我不知道怎么评价这个案例。身为法医我知道缉毒的风险，也明白大家对毒品的痛恨，但是刑讯逼供大家也一样痛恨；贩毒的人已经死亡了，虽然他很可能有罪，但是我们没有证据，而且这样的死亡对谁包括他自己都是一个意外，某种程度上他还是一个冤魂，这种事情谁是谁非有谁能一句话说明白呢？幸好我已经完成法医的使命，剩下的事情让法官去判断吧！

小一：

慢慢地品读中，心中产生的是感动。
感谢有这样的文章，你的文笔让我赞叹！
幸好有这样的文章，你的故事让我重新思考！
"人，应如何活得更加精彩"！
脑海中不时闪现出儿时的梦想——成为一名警察！
现在我也走向了学医的道路（不是法医，应该是药学），
无论如何，自己的选择，走下去！
用自己的知识绚烂属于美好心灵的那片天！

我是法医：

人，应如何活得更加精彩，
其实是值得我们每个人思考的问题。

胡九娘：

虽然天性让我怕血肉模糊支离破碎的东西，但是无法掩
饰我对你的佩服和尊敬。

一叶扁舟：

第一次看到这么内幕的东西，拍成电视剧绝对精彩。建
议"我是法医"业余写刑侦剧本，绝对比什么《重案六
组》之类的火多了。

百无禁忌：

很好啊！记得把所有具有代表性的案件都记录下来，以
后可以出书呢！就像楼上有人说的，不一定哪天还能拍
成电影呢！
期待 ing......

胡九娘：

我不赞成刑讯逼供,但是面对一个你明知道他有线索他
有嫌疑却就是不开口的人该怎么做?
警察也有警察的难处。

无边的幸福生活：

专业又具有文学性，不写小说浪费了。

新歆然丫：

从两天前第一次看到你的文章起，每天前来报到。
很喜欢你的文笔，自然流畅，叙事清晰，
对于你的职业一直都很感兴趣!
前些时读过《神探李昌钰》，对像他像你这样的人倍觉
敬佩!

49

我是法医

蛇　咒

51

蛇 咒

1

其实我曾经多次见过死者：他就住在离我家不远的社区。在我的心目中他的形象分成了完全对立的两种：一方面他总是西装革履，头发也总是一丝不苟地向后梳着；另一方面两次婚姻的不幸让他染上了酗酒的习惯，每每看见他在小酒馆里喝醉了之后胡言乱语，拍打桌面。这其实是极其矛盾的，因为酗酒的人很少会有关注自己外表的，在他活着的时候，我仅仅把他当成一个奇怪的酒鬼，但是当他变成一个死因不明的悬案的时候，我不得不思考：为什么会这样？

如果一个人突然改变原来的生活习惯而注意起外貌来,原因往往不外乎这样一些:异性(这是最常见的)、有什么特别高兴的事(比如说获得了某种荣誉)等等。但是我们看不出这方面的任何迹象,甚至,他根本就不是突然注意起自己的外表,而是一直就非常注意,以至于看到他的头发的时候我常常想,苍蝇落在上面也会摔跤的吧。为什么会这样?我百思不得其解。

事情是这样发生的,酒鬼有个儿子,显然这个儿子非常争气,单亲家庭并没有让他染上任何不好的习惯,反而是一个非常用功的学生。这次高考他考得不错,昨天拿到了国内某重点大学的录取通知书;父亲喜出望外,大摆酒席,把所有的亲朋好友都请了过来,他甚至还请了一个乐队,敲锣打鼓了一番,我想在他心目中儿子考上重点大学一定和考上状元没什么两样吧?但是就在大家让他说两句话的时候,他突然倒了下去,再也没有起来。

刚接手这个案件的时候,我认为这可能是一个简单的心脏病突发或者中风的案子。这种事很寻常:虽然父亲只有四十刚出头,但是随着人们生活水平的提高,很多"富贵病"诸如冠状动脉粥样硬化、脑动脉硬化等等越来越多地出现在我的鉴定书里,这起案件看上去太符合这种情况了——父亲的过度兴奋让本来就有点脆弱的心脏或者大脑不堪重负,而这些疾病一旦发作起来死亡也会像这位父亲一样迅速。

但是居然不是,而且是肯定不是。父亲的颅内没有任何部位出血:硬膜外、硬膜下、蛛网膜下(这三个是脑外部出血经常蓄积的地方)、脑组织内都没有,甚至后来我在显微镜下也没看到任何哪怕是最微小的出血或者梗塞(血管阻塞,这也是常见中风的原因之一)。心脏处我不仅找不到任何缺血坏死的证据,甚至他的冠状动脉十分的健康,和二十多岁的人没有任何不同。

我的头都大了。死者死得这么突然,一定是有原因的,但我居然找不出来。而且,他是在上百亲朋好友众目睽睽之下死的,我怎么能不给他们一个交代?

蛇
咒

53

2

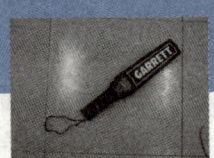

　　我不得不拿着放大镜再次仔细地检查了父亲身上的每一寸皮肤。终于，在他食指末节发现了一个小小的异常(我们暂时这么称呼它吧！我不能排除它是在生活中偶然形成的)。那是一个小小的皮肤损伤：整个损伤呈"……"形，长度不超过二厘米，顺着手指的方向分布，句号在靠近手掌的一端，是牙签头大小的一个圆洞，洞很浅，甚至看不到任何出血，下面的省略号就更加轻微了，就好像是牙签在皮肤上轻轻滑过，在皮肤上留下的一段白色的划痕！(很明显它不是任何注射器造成的。)

　　难道，这和死者的死亡有什么必然的联系吗？我还是摸不着头脑。

　　幸好，死者倒下后还没有立即死亡，他被送到医院抢救了大约一个小时。我还是要求助于医生了。

　　八月份的天真是骄阳似火，当我赶到医院的时候内衣全都湿透了，黏糊糊地挂在身上，显然糟糕的餐巾纸在我脸上留下了无数的白色纤维，不过回到家我才明白为什么管理医院病历资料的女医生看着我的眼神那么古怪。她很快拿出了病历供我查阅，但是当天当班医生休晚夜班回家休息了。

　　我至少把病例读了三遍，甚至为了自己不遗漏任何一个细节，我还把病例复印了一遍。拿回来看的时候伟城撇了撇嘴：医院的死亡原因就写着："呼吸循环衰竭死亡"，我知道他的意思，这几乎是医院最常见的死因诊断了，但这对我们没有任何帮助，因为任何一位患者死亡的时候显然都会停止呼吸和心跳。下面罗列了一大堆可能，诸如中暑、感染性休克等等也都挂着一个个大问号。估计是患者死亡太迅速了，他们来不及作出太多的检查。

伟城已经在考虑属于"青壮年猝死综合征"了，要实在没办法我也打算只能这么下结论了：毕竟死者的年龄符合青壮年，死亡发生得那么突然而我们又实在查不出别的死因，说起来也还是符合这个死因的诊断标准的。

但是我还是不想放弃最后一线希望，我决定找到当班医生，去向他了解死者死亡前的每一个细节。

幸好当班医生还没有结婚，就住在离医院不远的宿舍里面。可能是经常去寻找陌生人的缘故，虽然只知道个地址，但我几乎没有多走一步路就找到了他的住处。进了宿舍我才发现，他那里简直就是一个火炉——那种走廊在中间的老式房间几乎透不进一点风，而顶楼的位置又让他的房间凭空高出好几度，我几乎还没有说清来意就找他要水喝，在他惊讶的目光里我一口气喝进去了至少一千五百毫升矿泉水，不过它们很快就变成汗水流了出来。

但是这次跑路并没有白费。年轻的医生很谨慎，不愿意对任何他不确定的事情发表言论。多年后现在的我想，说不定是我的牛饮把他吓坏了，说不定以为我是……但是他向我清楚地描述了死亡的全过程：患者首先是呼吸逐渐微弱，然后才停止了心跳，他说了这么一句话："我感觉好像是呼吸肌麻痹一样，但是我不能确定为什么会这样。"

呼吸肌麻痹？它显然足以致死。我查阅出所有可能导致呼吸肌麻痹的疾病，也做了不少检查，但是我还是失望了，没有证据证明死者和这些疾病有关。

一个礼拜后我的病理切片终于出来了，我可以把死者的各个脏器放在显微镜下去寻找任何微小的病变，就像前面说的，但还是找不到任何心脑血管方面疾病的证据，不过我却发现死者肝脏有大量红细胞被破坏后留下的含铁血黄素，肾脏也留下了大量红细胞破坏后留下的蛋白,这无疑证实了死者曾经发生大量的红细胞溶血（这种情况患者尿液中也会有大量破坏的红细胞色素，后来我证实了这一

55

点）。

微小的损伤——呼吸肌麻痹——红细胞溶血，当这三点连成一片的时候我终于好像是看到了一线曙光，我心里已经在高度怀疑那种臭名昭著的毒液了，这种毒液每个人都听说过，而且一想到很多人都会汗毛倒竖，但是要让我肯定地写下结论，我还要走访死者的家庭，弄清楚事情发生的全部细节，毕竟，目前还有些过程无法解释，比如说，为什么毒液进入了死者的体内而他却没有注意到呢？

3

第二天中午我终于在一个破旧小区的一楼找到了死者的家,这实在是一个缺乏女性色彩的"家"。墙上找不到任何一件装饰品,色彩也很单调,除了挡着门的哑铃外,整个房间里我找不到一根弯曲的线条,但是它却出乎我意料的干净整洁,而且,闻不到一点酒味。

孩子的眼神很清澈,也很单纯。看着整洁的房间和孩子清澈的眼,我突然明白为什么父亲会那么注意外表了,孩子是他生活的全部希望,他不愿意让孩子看到他生活的潦倒和困顿。

其实我在来之前就已经高度怀疑是蛇毒了,特别是眼镜蛇和眼镜王蛇,那是因为蛇毒分为血循毒(蝰蛇等)和神经毒(金环、银环蛇等),死者临死前同时具有溶血表现(溶血毒)和呼吸肌麻痹表现(神经毒),而同时具备两种毒性的就只有眼镜蛇、眼镜王蛇和蝮蛇了;然后血循毒还要再分为凝血毒、抗凝血毒、出血毒、溶血毒,蝮蛇主要属于凝血毒及出血毒,因此排除,剩下的就只有眼镜蛇和眼镜王蛇了!

但是,当孩子说出父亲经常杀蛇给他吃,而且请客当天中午还买了一条眼镜蛇犒劳他考上了大学的时候,我还是几乎站了起来!

不过,我还不能站起来,因为我还没有大功告成:蛇毒是一种蛋白,它如果

57

煮熟后吃下去会因为蛋白质已经凝固一点事也不会有。广东甚至还有一道名菜叫"蛇咬鸡"：用毒蛇把鸡咬死后煮了吃，据说鲜美异常（为了保证蛇毒量的充足，每次咬死一只鸡后蛇要休息一周）。那么父亲手上的微小损伤就一定是蛇毒进入体内的途径了，但问题是，为什么经常杀蛇的父亲会被蛇咬了还没注意呢？

孩子在我的询问下开始回忆父亲杀蛇的过程：当天杀蛇的时候他在另一间房里看书，突然听到厨房里菜刀掉在了地上，他去看的时候蛇皮已经被剥了下来，父亲正在看着自己的手，父亲见到儿子，笑了笑说："没关系，不小心！"就接着干活去了。

当听到这一切的时候想我的眼睛和嘴巴一定都变成了"O"形，因为整件事情终于昭然若揭了——父亲在剥掉蛇皮后不小心在毒牙上刮了一下（所以损伤后面是"……"状，而且只有一只牙印），因为看见蛇已经死了，而且又没出血，认为不会有事（我国迷信所谓的"见血封喉"）就接着干活了；蛇毒量不大（蛇毒在牙齿有，但主要储存在毒腺内），况且又没有见血就暂时停留在伤口周围的组织里了；等到晚宴开始，情绪激动加上酒精的作用导致血液循环加快，于是蛇毒进入了血液循环，父亲也就倒下了！

当我把这一切向孩子解释清楚后，我没有马上离开他，我和他一起做了一餐饭吃。等晚餐结束，太阳已经快要落山，临出门的时候我向孩子伸出了手，孩子显然还不习惯这种大人的礼节，羞涩地扭捏着；但是我还是坚定地等到他伸出手来，因为我知道，他已经开始成人的生活了。

蛇咒

很多网友提出想自己过一回福尔摩斯瘾，自己也来破破案，我觉得这是个不错的尝试，那么首先给大家介绍一下案件侦破的大致程序或者说过程。我们国家对命案最为重视，如果确定是刑事案件（当然得要法医首先排除意外、疾病、自杀），一般是主要领导挂帅，甚至有上级挂牌督办（在《一起强奸案》我提到了这些），然后是各警种配合的一个局面：法医负责死亡原因（为什么死的）、死亡方式（意外、疾病、自杀、他杀）的推断；其他刑事技术人员负责诸如手印、足印、工具痕等的收集、取证、化验；刑侦人员负责诸如现场摄像、勘验、证人、嫌疑人的讯问等工作；技侦负责偷拍、摄像、监听等工作（我一般很少提到他们，原因第一是我自己对他们的专业仪器不太了解，第二是他们的工作手段是严格保密的。好在要他们上场的时候一般犯罪嫌疑人已经有了对象了，对我讲故事影响不大），然后抓捕什么的就要看情况了，警察、武警都有可能。

应该说法医只是案件侦破工作链条其中的一环。当然，我个人认为这些相关的

工作方法法医最好多少知道一点，第一是有利于工作中的相互配合，第二是有利于形成整体思路，本来破案就是雾里看花了，不形成整体思路无异于盲人摸象。所以，在《母爱》中我提到自己喜欢先看看肇事车辆，就是这个原因。虽然一般来说现场草图、照片是会放在案件卷宗里面的，但我个人觉得看现场或者实物更有收获，毕竟专业不同，看问题的角度就不一样。

对了，在中毒案件中，法医最关心的是1：毒物种类（是什么毒），2：投毒途径(是怎么进入人体的)，其次是毒物来源。下面的几个毒物案件大家就可以顺着这样的思路想想看。

现在回忆起这个案件还是让我感触良多：这次死因的判断对我来说应该是既意外又不意外，说意外是因为由于牙印只有一个，伤口周围没有红肿，一开始我几乎忽视了牙印的存在，说不意外是因为文中的父亲，一个善于杀蛇的人死于毒蛇之口又有什么好奇怪的呢？老祖宗不早就告诉我们"善泳者死于溺"了吗？

但是我想到的还不止这些：第一，我

59

刚才在网络上搜了一下，发现了好几篇求购抗蛇毒血清的文章，按道理抗蛇毒血清这种药应该在各级防疫站常备，但是我们的药物供应链显然由于各种原因并不顺畅，我想说，至少防疫站的同志应该知道哪儿可以买到这种药吧？可以提醒大家，特别是南方的朋友，一旦遇到这种情况，首先应该留心是什么蛇咬了你，因为这关系到不同的抗蛇毒血清的选择，其次，上海生物制品研究所生产这种药。

第二，我国共有毒蛇五十种左右，但是，生产出来的抗蛇毒血清只有区区几种。我想抗蛇毒血清的生产并不麻烦，大家很容易就可以在网络上找到它，这又说明了什么呢？

单位地址：上海市长宁区延安西路1262号

邮政编码：200052

联系电话：021-62803189

联系传真：021-62801807

网　　址：http://www.siobp.com

E - mail：shsys@online.sh.cn

网友评论选登

猫咪：

法医的观察和想象能力真是厉害,实在让人佩服!

我是蜻蜓：

这也许是千万件案件中最普通的一例,但是你把你的感性加入原本应该理性的文字,不经意间就牵着读者的心和你的心一起跳动。

这是一种无形的写作天赋，淋漓地发挥吧！我期待着。

我心飞翔：

我的工作主要是分析计算机故障和网络问题，觉得你分析问题的逻辑方式很熟悉，可能对于问题分析的方式都是大同小异的吧。

如酥：

从天涯跟过来，越读越慢，有时候读一会儿就要停下来发一会儿呆。
以前我是学法学的，看到文章里偶尔出现的名词，又熟悉又惭愧。想起刑法老师讲抢劫和抢夺的区别和联系，想起作为限制性选修课选的法医学，想起上自习要占座的日子，已经恍如隔世。
觉得法医兄十分可敬。
让生活保持充实，让灵魂保持澄明，都需要很大的智慧。
诚祝平安如意。

无心万物：

看的人从你的描述中得到条理和人性，或许就够了。

蒹葭：

可以想象到法医和刑警在破案过程中绞尽脑汁的思索过程。跟做research还是蛮像的，哈哈。估计废寝忘食的时候很多。

林姝：

说起来这个结局要好得多，没有与罪恶有关的东西。

我是蜻蜓：

猎奇的世界充满着恐怖和酸楚！
我不猎奇，我知道这个世界每天都有故事发生，

蛇
咒

61

安排好自己的生活，
让真诚和快乐从自己的灵魂辐射给周围的个体，
这已然是奢望，
但是我会如你一般不停歇，
即使前方的路是那样的迷离。
好运，我的朋友！
我是蜻蜓，
一只悠然的蜻蜓，
却没有逃掉你文字的《毒》。

嘻笑中。

兰色风海：

真正的强者不是留泪的人，而是含泪奔跑的人。祝福那位男孩！

maxking：

结尾虽然是一个平凡的动作，但很感人，充满了人性的关怀。

wd_6532：

"当我把这一切向孩子解释清楚后，我没有马上离开他；我和他一起做了一餐饭吃。等晚餐结束，太阳已经快要落山，临出门的时候我向孩子伸出了手；孩子显然还不习惯这种大人的礼节，羞涩地扭捏着；但是我还是坚定的等到他伸出手来，因为我知道，他已经开始成人的生活了。"
可以跟本届最佳影片CRASH相媲美。
我小时候也吃很多蛇，不过吃的都是无毒的，看来这种东西如非必要还是不吃的好，蛇也是保护动物呢。

噗嗵：

蛇毒是蛋白毒，也就是说被蛇咬到之后，如果可以用火烤小刀，然后立马在咬伤部位切十字，应该也可以减少一点毒性吧？

如果咬咬牙，用烤得发红的小刀把伤口的肉剐掉，就不会中毒了，是吧？

哎呀，自己都汗毛倒竖了，只是打个比方，是如此吗？

我是法医：

不用恐怖，你自己用一根绳子扎住肢端就可以了，其他的还是找就近的医院在麻醉下完成吧。

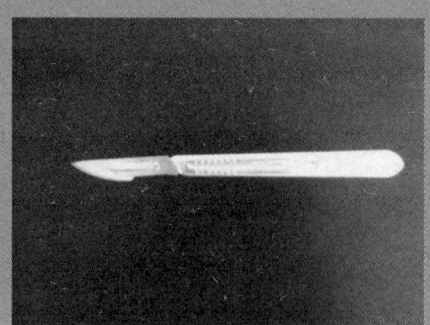

我是法医

药？毒？

65

1

药？毒？

　　医院现在正是一锅粥：昨晚急诊科的一位患者经抢救无效死亡，家属不允许把尸体抬出重症监护室，而且马上报了案。医院的保安正在尽力维护秩序，但是显然力不从心，看热闹的人群把监护室门口挤了个严严实实，探头探脑地议论着什么，一位中年妇女正坐在椅子上前仰后合，呼天抢地。

我听见人群中不知是谁说了一句："别又是医疗事故吧？"我知道他的意思是说这可能又是一起屡见不鲜的医疗事故，可惜他猜得不对——这次死者家属对医院的治疗并没有任何异议，就是有，现在也应该先找卫生局，但是这次他们找的是公安局。

我从接警的小王那里知道了事情的大致经过：昨天，正是死者的生日。死者和女友请了一帮朋友，先是一起在酒楼吃饭，大家就喝了不少，后来又去卡拉OK，又灌了不少酒，死者显然也喝高了，在包厢里面闹了一会就跟跟跄跄地和女友回家了，那时候大概是半夜一点左右。两个小时后女友叫来了医院的救护车，大约在凌晨五点，死者经抢救无效死亡，医院的病床床头赫然写着"酒精中毒"，我发现，这次并没有问号。

但是家属起了疑心，而且，怀疑的对象竟然是死者的女友，在这家医院工作的一位护士！

我实在看不出这位护士有什么可疑，现在她正坐在值班室，身上为抵抗深秋夜里层层凉意的棉衣尚未取下，脸上正是梨花带雨，显然她还没有从昨天的意外中走出来。那是一张圆圆的脸，甚至还稚气未脱；一头长发按照护士工作的要求盘了一个发髻，固定发髻的居然是一只别致的圆珠笔；手正哆嗦着，捧着一杯好心同事拿来的热水。我估计，她的年龄不超过二十岁。

这位好心的同事显然也参加了昨晚的抢救，她正在为小护士打抱不平 ——昨晚小护士一直跑进跑出，但是绝对没有给死者进行任何治疗，而且，小护士正和

67

死者在热恋之中，死者的父母也太过分了！

此时，我和她考虑着同样的问题，为什么死者父母会起疑心？

网友评论选登

西西佛：

卡拉OK那种地方不至于靠假酒赚钱，其他朋友昨夜没事，说明不是甲醇。而唱歌持续时间较长，如果酒精中毒，当时就该发作，而不至于回家之后两个小时。

我怀疑另有原因，小护士也有作案可能，因为某种原因想干掉这个男人，找到这样一个合理的机会，回家给他血管里打一些纯的乙醇，也是可能的吧。

雾行舟随：

过生日出现这样的悲剧，不管是谁都会很伤心了。

父母在关心儿女身体的时候所说的话大部分都很有道理。既然是毒系列的案例，肯定是某种毒了。还是期待下文，不知道今晚能不能看到。

林姝：

是不是酒确实喝得不少，但酒后做了某些剧烈运动，导致酒精在血液里循环太快，才发生了悲剧呢？

我觉得小护士肯定不会故意去杀害男友的，但男友因她而死倒有可能。

nancy：

估计又是意外，法医同志写的是真实的生活，哪有那么多悬疑。上个案子我就想复杂了，寒自己一个。

2

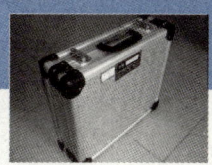

药 2 卷 2

　　死者的父亲讲述了他们起疑心的两个理由：第一，儿子酒量不错，平常喝个七八瓶啤酒没什么问题，今天算来算去最多喝了四瓶，但是却醉死了；第二，这对情侣前一段时间闹别扭，说是要分手，会不会是小护士想甩了他儿子？

　　这的确算得上是理由。但还有一个理由肯定是他们想到了却没有说出来：她是护士。我曾听说过这样一个案例，护士给酒醉的丈夫注射大量的无水酒精导致死亡，但是精于医药的护士却没想到注射的时候留下了职业习惯——消毒。这简直给法医留下了一个指路标，黄色的络合碘实在是太显眼了。这起案例无论是犯罪手段还是在心理学上都是如此的典型，以至于我在很多学校的课堂上听过这个故事。

　　我找到了医院的病例，这不是一起医疗纠纷，病历并没有封存，它正静静地躺在医院的病历车里面。从病历记录看，这是一起典型的急性酒精中毒。酒精中毒其实很多人在生活中都见到过，比如说脸红脖子粗，酒后吐真言之类的，这些成语描述的就是酒精中毒的第一阶段，到了第二阶段就出现所谓的跟跟跄跄了，那是小脑共济失调的表现；到第三阶段患者脸色发白，烂醉如泥，往往扶也扶不起来，这个时候就开始有危险了。进一步发展下去酒精会抑制掌管呼吸的神经中枢而导致患者死亡，而患者正是死于这种中枢性呼吸抑制。但是，这

并不能说明什么，万一这次又是护士杀死丈夫故事的翻版呢？

如果这是那个故事的翻版，总会留下注射针孔吧？我仔细检查了死者的每一寸皮肤，除了胳膊肘附近的注射针孔外（那是医院治疗造成的），没有发现任何注射针孔，我还是不放心，又检查了诸如口腔粘膜之类的地方，也没有。我仍然不放心（万一是这位护士作案，她可是职业高手，虽然我不愿意相信这一点），我把血液送去测了酒精浓度：94毫克／百毫升这甚至不到严重的中毒剂量（100毫克／百毫升），更别提致死剂量了（400毫克／百毫升），如果按这个浓度计算一下，死者体内所有的酒精比喝下去还要少一点。

我的心里有点窃喜，显然这完全可以排除护士给他注射了酒精，我得承认我很不希望她是一位杀人犯。但是很快我的头又好像慢慢开始变大了：我的解剖没有发现任何致死性的疾病或者外伤，死者又不是一个酒量特别差的人，这一切是为什么？

再次找到小护士的时候，她在值班。显然一开始她把我当作了男友父母的代言人，并不情愿和我谈些什么，嘴角也挂着一丝倔强。为了缓和气氛，我给她和自己倒了一杯水，慢慢拉开了话题。

但是当我问到为什么前一段要和男友分手的时候，她似乎又有点不好启齿了：毕竟这是她的个人隐私。在我的一再追问下她终于说出来，最近她发现男友有先天性癫痫。

先天性癫痫！我的脑海突然灵光一闪。

网友评论选登

西西佛：

是不是一起癫痫发作，护士当时给他吃了什么药，结果
因酗酒造成死亡呢。护士可能不敢说，怕承担责任。

采菊：

如果是癫痫发作猝死，那么不是和毒无关了吗？但是是
什么毒呢？

马兰花开：

癫痫致死应该是不可能的。我猜测是酒精作用引发了死
者本来就有的癫痫，并且加重了癫痫症状，最终导致身
体某些机能出现衰竭而致死。

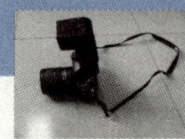

这一句"先天性癫痫"的确让我想到了很多。我明白那是怎样的一种疾病：患者发作起来可能在任何时间、任何场所失去神志，倒在地上浑身抽搐、口吐白沫。在这种时候，任何悲剧都可能发生。更糟糕的是，这种病还可能遗传。我完全理解为什么小护士会想和男友分手，更明白最终决定留下来需要一种什么样的爱。同时，它让我想到了男友的死因，当然，我还需要证实。

很快我就了解到关于男友先天性癫痫的详情：男友很小就发现有这种病，好在每次发作都有明显的征兆——要么是脾气突然很怪，要么是身上哪个部位会不自主地抽搐，家人也早就掌握了这个规律，知道预防性地给他吃一段时间的苯巴比妥（癫痫大发作的首选用药，这种药效果不错，但不能很快停，否则只会让发作更严重），就是这个缘故小护士一直不知道他有这个毛病，直到最近。

"最近他有没有吃药呢？"我问道。

"最近吃了三天了，昨天喝了酒害怕发作，还多吃了一片。"（后来我通过男友的父母证实了这一点：男友最近的确有发作的先兆，正在吃药。），小护士显然意识到了什么，追问道："怎么，有什么关系吗？"

我犹豫了很久，不知道是否应该将实情告诉她，但我最终还是决定说出实情。我理解其他专业的人对这个问题并不了解，因为这不是他们的专业范围，但是作为一位医务工作者，我认为她有必要知道这一点；何况，最终肯定瞒不住她的。

"酒精是一种中枢神经抑制剂，苯巴比妥也是。同时服用的话会让两者的毒性大大加强，我们把这叫做协同作用。"我解释道。

"有这么厉害吗？"有点失神的护士问道。

"有。口服常规剂量的苯巴比妥就可以让乙醇的致死量降低数倍之多，何况昨天还多吃了一片？"

泪水突然从她的手指间涌出来，她的肩膀也在剧烈地抖动着，我的话击溃了护士几天来一直坚持的自信和倔强：显然她明白了为什么男友会死亡了，而且，她认为自己有责任。

但是，我想告诉她，我们并不认为她有责任，苯巴比妥一直在服用，这是为了治病；酒是男友自己喝进去的，谁也没有灌他，何况他们谁也不知道这两种药物会发生反应；我们只能把这个不幸归于意外，这是法医的逻辑，也是法律的逻辑……

但我最终没能说出口。这种逻辑，在失去亲人的家属面前又能有什么作用呢？

73

我不想误导大家，我参与的案件绝大多数平淡无奇。例如现在，在我手上的就是一个很简单的打架斗殴案件。当然，我和大家一样，肯定是对一些比较特别的事情记忆深刻一点，我发表在这里的所有故事，就是这些埋藏在大量普通案件中的一些比较特别案件的真实记录。

比如说我们最常见的死因不明案件，最多的就是我在《毒》系列之一提到的"富贵病"，它们几乎要占到不明原因死亡的一半，再比如说中毒，我们遇到的最多的是一氧化碳中毒。南方常见于燃气式热水器，北方常见于冬季取暖。其次是有机磷农药、杀鼠药，这些案例绝大多数属于意外，并且表现十分典型，而这些案件要占到中毒的一半以上。

当然，我选取这么两个案件是有目的的：第一个案例我是想告诉大家，接触有毒物品要小心，有些东西我们认为无害实际上可能致命：比如说我曾亲眼看见母亲为了让小孩"明目"而吞食鱼胆，而很多鱼胆是有毒的，例如草鱼鱼胆。第二个案例我是想告诉大家，"是药三分毒"，仅仅

就酒精而言，安定等非常常见的镇静剂都可以让它的毒性大大增强。

不过，我也不想让大家过分紧张，有些过分的紧张是由于对毒物的恐惧以讹传讹造成的。比如说在网友留言中发现的"VITC加海鲜等于砒霜"的说法。我看了一下，这个说法在网络中传播甚广，据说是一位台湾人因此而命丧黄泉，但是以下是台湾官方的说法：

本署函请台北荣民总医院毒药物咨询中心查询相关文献，并无发现任何有关维生素引起虾类中毒的医学报告。另该中心表示，甲壳类如虾、蟹、龙虾及贝类如蛤、牡蛎中虽含有砷，但大部分以有机砷的形式存在，占百分之九十以上甚至达百分之九十九，而有机砷可以很快排出体外，几乎没有毒性。无机砷（包括三价砷及五价砷）确实有毒，若保守估计无机砷含量为海鲜含砷量的十分之一，而虾含量以4ppm计算，欲达到最低可能致死剂量二十毫克，必须吃下五十公斤的虾。

学理上，纯化的维生素C与五价砷如在实验室环境加以化学催化作用，或有可

能使原来无毒的五价砷转变为三价砷（俗称的砒霜）。然而餐点中所食用之柠檬及虾，其分别所含之维生素C与五价砷量甚

低，又无化学催化剂及适当之反应条件，实际并没有产生砒霜的疑虑。

药
？
毒
？

网友评论选登

无心万物：

药和酒混合成毒药，还自己喝下去。唉，酒有什么好。

西西佛：

悲剧啊……她这一生可能难逃自责了，作为医务人员，她却没有这方面的知识……

反对西西佛：

我并不赞成你说的"作为医务人员，她却没有这方面的知识"，
人首先不可能是万能的，即使细化到某一个行业也不可能知道这个行业的所有方面。
原文写道："我估计，她的年龄不超过二十岁。"
你觉得对一个刚参加工作的护士说这样的话公平吗？

林姝：

这个结果其实是我希望的。
我希望生活中即使有不幸，也不要罪恶。
法医，也感谢你，选这样的案例给大家。

拇指：

是药三分毒啊，但普通人又怎么会掌握那么多用药知

75

识呢，不知道说明书上有没有这些说明。

女巫的冷：

人生在世，危机随处都有，可怕的是因为无知，而触碰
到危机的陷阱。可是因为无知而犯的不能挽回的错误太
多了。
这样的错误，人人都有，如果有机会，则成为教训，改
过即可。
如果因为无知，而犯了失去生命的错误，那就会让生者
遗憾终生。
看了你的故事，可以增长很多知识。

反 问

1

　　我不知道怎么解释这样的现象，每次当我站在现场，我的眼前就可能幻化出案件发生时候的场景，就好像这次，我仿佛看见一群学生正在认真地做着化学实验，一边低声地讨论着些什么，教室里时不时发出欢快的笑声；而他们的老师正在他们的背后拿着试管在忙碌着什么。突然，老师直挺挺地倒下了，头砸在实验室的桌子上，发出一声沉闷的响声；有些胆小的女生吓得尖叫起来，大部分学生不明就里，四散奔逃；一时间教室乱成了一锅粥……

反
问

　　我又回到了现场——现在这个教室已经安静下来，老师倒毙在教室后面，头上留下了和实验桌撞击造成的头皮损伤；实验桌还没有整理好，桌上还有打碎的试管和烧杯；实验室的一个窗户被撞坏了，看来不少学生竟然是从窗户逃出去的。

　　死亡原因不难确定。实验室管理药品的实验员反映今天做的是一个需要氰化钾催化的实验，这种毒物是如此的闻名遐迩，我们对它的研究已经够充分的了，而且它的表现是如此的典型——由于这种毒物会迅速抑制氧气在组织的利用，氧气虽然可以不断地进入人体，但是却无法消耗，因此死者的身上会显现出一种艳丽的红色（和血液缺氧造成的乌紫正好相反）。我几乎立即就确定死者死于氰化钾中毒。

　　但是，对学生一再叮嘱要小心中毒的老师（每学期做这个实验学校都如临大敌），怎么会自己反而中毒了呢？毒物是如何进入他的体内，自杀？他杀？意外？我的大脑在飞快地转着。

　　仍然，我需要从死者身上找到证据。我找到了一个通风很好的地方，让大家都离开，戴上了防毒面具，开始解剖。

　　氰化钾实在太毒了，以至于我曾看见过报道，解剖人员会由于吸入聚积在颅腔和胸腔的毒气而死亡。我不禁佩服起"拼死吃河豚"的人，因为，河豚比氰化钾还毒，而且高温无法破坏蛋白质成分的河豚毒。

79

林妹:

想起了清华大学的坨中毒案,
难道常在河边走, 就一定要湿脚吗?

好看好看:

化学实验是比较奇怪,中学时,我经常会按老师指示做出莫名其妙的东西,和书上的结果全然不同,所以我同桌就强烈请求我不要考化学专业,以免伤人!!

百合:

我是在想这个老师中毒的途径,首先可以排除口服,那么只剩下两种途径: 吸入和透皮吸收。如果是前者,氰化钾本身不具有挥发性,但遇酸会产生氰化氢气体,一个合理的实验设计这是一定要避免的,出现这种情况就一定是实验出了意外。例如西西弗说的这种情况。但是我记得我们做这种实验的时候, 所有试剂都是统一配制,那么中毒就不只是老师一人,所以我觉得中毒的途径有可能是后者(透皮吸收),这个老师的手套破了(即使是很小缝隙也是致命的),至于为什么破了, 有可能的确是意外, 也有可能是人为的。

反
问

这是一个中学的化学老师（出了这件事情后学校取消了这个实验内容）。他的手上戴着橡胶手套，看来经过皮肤吸收的可能性不大，但是我也没有发现消化道有氰化物的痕迹：食道和胃没有出现腐蚀，胃内的食物残渣也没有化验出氰化物，相反，呼吸道倒是有一些受刺激的表现：肺淤血水肿很明显。

难道是呼吸道进入的？氰化钾可是固体啊？我在网上搜索了一阵,氰氢酸！我的眼前一亮。

我马上跑回学校实验室，果然，在老师倒毙位置正对面有一个废液缸，里面也不知是些什么。PH试纸一检测，PH值小于2，强酸！

这下我明白了，原来是老师把做完实验的氰化钾倒入废液池，结果和废液池的强酸反应，产生了易挥发的剧毒的氰氢酸！

我不禁后怕起来，幸亏教室有通风设备，幸亏学生不明就里都跑了出去，否则……我不敢想下去了。

古话说得好，"善泳者死于溺"，在你以为掌握了大自然规律的时候，大自然也许会突然反问你一句："你真的掌握了吗？"

81

Moma：

氰化物这么厉害啊，又长知识了。CCTV－10有一节目讲科考队到西部找一个世外桃源般的野骆驼的居住地，结果到了那里一只骆驼也没有了，因为有人在那里非法采金，用的就是氰化物，把水源都污染了，把一美丽的地方给毁了。

ql971107：

唉！只能说明这个化学教师不合格，连实验室最基本的安全操作都不懂：氰化物用后的废液不能随手倒，应该用碱调到pH＞12后，加入固体硫酸亚铁氨，再单独处置，这是实验室安全操作规程严格规定的，从我学这个专业，第一次进实验室，就被千叮咛万嘱咐的。我在实验室干了十多年了，凡是严格按操作规程办事的，哪会出这些悲剧（万幸是学生逃掉了，不然会是更大的悲剧）。

至 毒

83

1

　　不锈钢的解剖台泛着金属的寒光。看着他蜷曲变形的尸身躺在上面，瘦弱得已经失去了人的形状，身上也几乎没有一块完整的皮肤，一股凉意从我的心头渗出，慢慢地慢慢地向我的脚底漫去。

　　我绝不是因为害怕他的躯壳。比这恐怖的尸身我见过太多。

至
毒

　　我恐惧的是，我不知道，不知道命运为什么总是把他和我连在一起，就好像浮士德和靡菲斯托。我无数次庆幸自己已经离开了他，蓦然回首，却发现他依然就在我的身边，如影随形。

　　曾几何时，他也是一个书生意气，挥斥方遒的年轻人。我不知道，命运之神为什么会对他进行这样的嘲弄，我只知道，此刻他虽然终于死了，但是他对家庭的破坏不仅余波未息，甚至极有可能愈演愈烈。

　　难道，命运之神在向我警示着什么？

　　第一次我们人生轨迹的相遇是在南仁市全市智力竞赛初中组的比赛上。我所在的学校连续两年获得了第一名，这次更是志在必得——我和我的两个搭档已经停课训练了一个月了。我们有着明确的分工，我负责智力题和数理化题，另一个男生负责文科题，女生则负责外语题，这一个月来我们背了无数道的谜语，做了数不清的题目，枯燥的题目把我们憋得嗷嗷叫，一个个像是嗜血的将军，极度渴望着战场上的厮杀。

　　预赛中我们一路过关斩将，没遇到什么风险。但是我的指导老师早就提醒我注意他了，那个南仁市一中的孩子。我看了他不止一场的比赛，他吸引我的不是他得分最多，而是每次答完题后那种不屑的神情，似乎在说，这种题目，还要我出手吗？

　　我们终有一战。我看到他的第一眼就这么想。

　　果不其然，我们在决赛中相遇了。我们两组的积分将其他几组远远抛开，决

85

赛似乎只为我们展开。

最后三道题了。我们积分相等。

"方言，打一汉字。"

我马上按响了抢答器："访问的访。"我在心里说。

"我还没有说抢答开始，此题作废。"

我装作若无其事地向背后的拉拉队耸了耸肩膀。几个铁杆粉丝在焦急地为我加油。

"草案，打一酒名。"

这一次我好不容易按捺住自己，等"抢答开始"的"始"一从老师的嘴里出来，我就按响了抢答器。

"茅台。"我说。

"加十分！"

我知道，只要抢到了题目我就会得分的，我骄傲地想。

我眼角的余光看见他比赛中第一次出现了紧张。他眼睛一眨不眨，但是并没有看着老师，而是紧盯着我按在抢答器上面的手。

最后一道题，我看见他额头在冒汗了，现在他低我十分。

老师拿出了答题板，上面写着"虚与委蛇"几个字。

"请读出答题板上的这个成语。"

"抢答开始！"

我们的手几乎同时按在了抢答器上，但是屏幕上显示的是他们队的名字。

"XU YU WEI YI。"他几乎一字一顿地念道，声音里带着得意。

"加十分！"他轻而易举地逃过了最后一个字的陷阱。

我很是懊恼，我知道，按照比赛规则，两组得分相等，但我犯规了一次，他们得到了第一名。在他们的欢呼声中我站起了身，转身往台下走去。

几个指导老师马上包围了我，指责我为什么刚才不用犯规战术。我知道如果最后一题我犯规让题目作废的话，总分我们多十分，冠军将是我们的。但是我从指导老师的包围圈中挤了出去，扔下一句硬邦邦的"我才不屑这么干呢！"就往外面走。

他拦住了我，在更衣室的门口。"交个朋友吧！"他说完这句转身就走，在我的手里留下了一张小纸条。

那是我第一次知道他的名字：李文军。

我得承认他个性中的狂放不羁其实很是吸引我，我们很快就开始了交往。我们两家住得不远，实际上相距不到一公里，而双方的家长又似乎很愿意看到两个优秀的孩子在一起，于是往往是他到我家来做作业，因为我家里有着现成的数学老师和物理老师；而我也很喜欢到他家里去玩，因为他开煤矿的父亲总是会出人意料地给我们带来好吃的好玩的，有一次我们甚至偷偷打开了他家的一瓶人头马XO，他父亲居然哈哈一笑，连责备也没有一句，要知道那时候这玩意的价格几乎是一个普通职工一年的工资。

高中时代我们就几乎形影不离了：我们考取了同一所省重点中学，并且被分配到同一个班级。我得承认其实我很妒忌他。虽然他很羡慕我的身高，高中三年我以每年十厘米的速度疯长，很快就达到了令父母担忧的一米八六。但跟他相比，我根本就是一根豆芽菜——他虽然只有一米七八，但是却有着国人极罕见的健美身躯，他那米开朗基罗刻刀下大卫一般宽阔的肩膀、健硕的肌肉每每让我妒忌得发狂，甚至他的皮肤也比我好，一次军训就足以让我变成一条黑泥鳅，而他脱掉背心你都看不出肤色有任何差别。有一次他居然当着我的面很得意地说他量过了，他的长和宽以及肚脐上下的身高完美得符合黄金分割，当时我的第一反应就是想狠狠地踢他一脚。

但是这似乎完全不影响我们的如影随形，夏日里往往是我一身黑他一身白地出现在世人面前（甚至直到现在我还保持了尚黑的习惯），我们知道这样两个高个优秀的男生走在一起会吸引多少艳羡的目光，而我们似乎十分享受这种目光，一边讨论着同学们谁也不懂的尼采、叔本华、弗洛伊德，一边旁若无人爽朗地大笑，而这种笑声似乎能感染整个校园。

在分享着身体发育的小秘密的同时，我们也分享着知识。我每每会很严肃地

87

告诉他，数学书的某一个题根本就是出错了，然后我们一起很严肃地去找数学老师反映情况；或者是我又发现物理课本上的某一个章节里那么多公式其实都是废话，记住一个就足以推导出全部。而他也往往告诉我，《诗经》朴素的风格让他觉得不仅是前无古人，也一定是后无来者；或者是很严肃地说吴承恩的《西游记》中孙悟空的形象其实抄袭自印度史诗《摩诘耶那》。这样的交流逐渐让老师觉得很为难了，因为每一次学校的各类竞赛，往往只能从格式或者小数点才能把我们区分出一个高下。

时光就在我们的友谊之中飞逝着，三年时间一晃就过去了。高考后他去了北京的某个著名高校，而我也如愿以偿考取了医学院校。记得学生时代最后一次相逢是在他的学校，一个元旦。我们手上拿着焰火，在三楼他宿舍门口的走廊上默默地看着焰火燃烧，四目含笑，却一言不发。

当时我在想，感谢上天恩赐我这样的一位好友！

网友评论选登

玉烟：

字里行间，我看到了人生的无奈，法医帅哥，一开始就能把握住人的视觉，您的文笔真是越来越出神入化了，呵呵……

一叶知枫：

从报纸上看见关于你的文章，找到你的博客以后，抱着我的女儿一起看，唉，看得真累啊！女儿一刻不停地闹，可是，又想一口气看完……再接再厉，出一本书，我可以抱着女儿躺着看。

蔻蔻：

学生时代的朋友,竟以这种方式相见……

痛。

戈壁雪狐：

中学时，我有一次同样的经历，不以小人行为赢得荣誉，虽然招来校长和老师的埋怨，但得到了父亲和同学的赞许。生活就是这样，有些原则一辈子都要坚持，相信"我是法医"就是这样的性情中人。

xiyue：

前生的五百次凝眸才换来今生的擦肩而过,不论何种感情。

草根：

真是羡慕你们之间的友情，相互吸引、相互嫉妒，这就是男孩子的交往。如此的交往，后面又发生了什么？期待着下文。

燕子呵呵：

相信每个人在自己的中学时代都有过一个或几个朋友,那种友谊会使人生充满精彩,但是这种友谊往往又会随着时间和空间的距离而淡漠,不知法医的这段友情会是怎样的?

马兰花开：

文学来源于生活。以写小说的形式，作一次年少时光的记忆旅行，我认为这是一种很美好的体验……

Tutu：

让我想起了高中时和好朋友在一起的时光,单车上的日子,风一样的年华。很巧的是，她上过你的课,听她说因为您的身高,学生们偷偷地称您为"一八六〇",哈哈。

至
毒

89

2

　　大学毕业后我还偶尔能从父母的长途电话中听到一些关于李文军的消息：比我早一年毕业的他并没有按照学校的分配去一家大型国有企业报到，而是从父亲那里借了两万块钱跻身商海。他投资的目光很独特，以一间小录像厅起家，很快扩展到台球、保龄球等娱乐设施，甚至据说他已经拥有了七八家餐馆。也曾经在故乡的街道上和他偶遇，他手上挽着美丽的女友，一个和他两小无猜的女孩，目光中多了几分老练和油滑，但却锐利依旧。

　　而我此刻在远离故乡的一家医院做着一个小外科医生。住院医生的生活注定是没有休假可言的，就连周六周日也必须去查房——病患可不会因为周末休息。我被生活压迫得喘不过气来，甚至在除夕之夜端着大食堂做出来的半生不熟的年夜饭都只能苦笑一下，连抱怨的心思都没了。我就在这种生活中慢慢地迷失了故乡的消息，也迷失了他的踪迹，直到有一天，我打开电视，看见他正作为一个娱乐节目的嘉宾，眉飞色舞地谈着福建的某一个海岛是如何的美丽，在那里和女友享受一周的二人世界又是多么的惬意，我突然想拨通他的电话，但是刚刚从一台十四个小时的手术上退下来的我，还没来得及拨通电话，就睡着了。

　　醒来以后我似乎也失去了和他联系的欲望，我觉得我们生活的路线已经越走越远，我们好像是两条直线，曾经交叉过，也曾碰撞出美丽的火花，但是我想我们不会再相交第二次了，平面几何告诉我。

　　但是人生之路并不是直线，生活也绝不是平面几何，我错了，错得很厉害。

　　再一次遇到他的时候我正好轮科到急诊外。我得说那几乎不是人干的活，每每一个夜班都会一直被十来个病人围着，旁边的加护病房还躺着一大堆诸如刀砍伤、骨折、烫伤之类的患者等着做进一步的处理。而他出现的时候我正好就处于这样的一个状态之下：我的心里在惦记着一个刚发生车祸的女孩是不是被护士安全地送到病房了，身边还围着十多个腰痛腿痛得睡不着的老人，手里在机械地记录着什么，这时候我唯一能做的运动是挪一下在凳子上早已发麻的身体，或者挥手将已经扑到脸上来的蚊虫赶走。虽然深秋蚊虫最后的疯狂很让人烦躁，但我几乎把这种运动作为单调工作的唯一调剂了。

　　就在这个时候一个声音穿过几层人群传到我的耳朵。人们自动给他让出了道路，我循着声音看去，他弯着腰，脸色发白，手撑着左腰，嘴里发出痛苦的呻吟。这种痛苦已经让他的声音完全失真，以至于在他抬起脸来之前我根本没有认出他来。

　　但是我们都来不及做任何的寒暄，这时我们的角色分别是医生和病人。他向我介绍说这是老毛病了，并且递出了一张半年前的B超报告：左输尿管上段结石，零点五厘米大小。我稍微叩击了一下他的左肾区，发现他的脸夸张得变了形。于是我没有任何犹豫就给他开了一针杜冷丁和阿托品，这两种药物一起注射往往能让疼痛的结石患者很快安静下来，杜冷丁能止痛，而阿托品能让因为疼痛而痉挛的输尿管停止收缩。这种痉挛无疑会和疼痛形成一种恶性循环——痉挛让疼痛加剧，而疼痛进一步引起痉挛，利用杜冷丁和阿托品合剂打破这种恶性循环成为处理这种情况的首选。

　　果然很快他就好了，和常人无异。大约一个半小时之后已经换班的我才赶到他休息的病床，而这个时候他几乎准备走了，在我的挽留下他和我秉烛夜谈了一宿，这时候我才好好地打量他：深秋的他身着一件皮尔卡丹灰色长风衣，像电影上的发哥一样丰神如玉，但是他的眼神却明显地失去了当年的神采，变得有些灰暗；

至　毒

91

领带显得有些不合时宜，似乎配不上这件质地上乘的风衣。

当晚我并没有多想，我把一切归咎于他的病痛，而且老友重逢的喜悦显然让我兴奋异常，那一夜我们聊了很久。他聊到最近有一笔生意就在我所在的城市，可能会居住相当长一段时间，于是我们很快互留了新的电话和联系方式，但是问到他的女友的时候，他显然不想深谈，只说已经分手了。

第二天晚上我迫不及待地把我和他重逢的消息告诉父母。谈话中不可避免地说到了他的女友，这时我才知道发生了不幸：一次他和女友还有女友的弟弟一起出海游泳时女友的弟弟不幸遇难，而女友的父母坚持认为他有责任，完全无法接受他们的婚姻，于是女友只好在泪水中和他分手了。

"听说他……"电话那头的父亲有一点欲言又止。

"怎么？"我追问。

"听说他失恋以后染上了吸毒的坏毛病，你要小心。"对孩子的疼爱最终让父亲说出了实情。

父亲的声音很低，但对我来说这个消息却宛如晴天霹雳，那一天他所有的疑点都汇在了一起：他的领带是地摊货，这说明他的经济状况在急剧恶化；他"好"得太快，而药物起作用是需要时间的；他的眼神其实除了灰暗外还有些游移……

良久，我才发现自己没有挂断电话，电话的那头只传来嗡嗡的电流声。

下一次轮值夜班时我又遇到了他。这次诊室出奇的安静。他的脸色有些讪讪的，似乎从我冰冷的目光中发现了些什么。但是我还是不愿意相信他是到我这儿来骗取杜冷丁的，他的手上还是拿着那张B超报告，而我坚持要他去化验小便。我知道肾结石的绞痛往往会由于剧烈痉挛，结石会划破输尿管，造成血尿。

他去了，但很久都没有从洗手间出来，于是我闯了进去，赫然发现他手上拿着一枚图钉，手指已经扎破，鲜血正在滴进尿液。

他是老手了，我几乎怒不可遏。

他脸色剧变，扑通一声就跪在了洗手间的地上。在我没来得及作出任何反应之前，他的头重重地磕在了马赛克上。

当他抬起头来，时间似乎在那一瞬间被定格了，眼前的一切使我惊呆了，他的左额角被马赛克划破，一朵血花在他的额头绽开，血的鲜红和他脸的苍白形成了如此鲜明的对比，以至于我的眼睛完全不会转动了，而从他的脸上，我看到的只是对毒品的渴求和哀怨。

我的心像撕裂了一样的剧痛。

"起来！是个男人你就去戒毒！"在清醒之后我声嘶力竭地狂吼着。

"小声点，小声点！"他还在试图哀求。眼看着看热闹的人渐渐过来了，他这才猛地把门一摔，走出了卫生间。

这是我最后一次看见他还有那么可怜的一点点自尊，如果这还称得上自尊的话。

第二天一大早护士焦急地告诉我，急诊科的麻醉药品柜被盗了。我向公安局报了案，案件一直没有侦破，但是我们换了一个保险柜，一个很结实的保险柜来装麻醉精神类药品。

很长一段时间我没有再见到他。时间是治疗内心创伤最好的医生，它将这段惨痛的经历在我的记忆中慢慢抹去，而我也显然也极不愿意去回忆这件让我痛心的往事。日子就这么一天一天平淡地过着，我像一只把头埋在沙子里面的鸵鸟，幻想着这件事情就会这样结束，我不会再见到他，但是，我还是错了。

网友评论选登

Wqmm：

很喜欢"我是法医"的文章，你的文章让我想起了小时候的玩伴。那样的形影不离，好得几乎如同一个人。但现在随着年龄的增长，我们都有了各自的生活，生活的轨迹仿佛越离越远了。看了你对过去时光的描述，我打定主意，要联系我那些过去的伙伴，你们现在都好吗？

碧云天:

喜欢你这段文字,因为它唤起了我遥远的童年回忆。人有时候很可悲,总是在不经意间借着一段文字,一幕场景,有时甚至是一种味道去追寻曾经有过的一切。悲哀在于现在连回忆的情绪都不曾有——也许这代表着我还年轻,也许每天时间都已排满,也许回忆是年老时的事……

"我被生活压迫得喘不过气来,甚至在除夕之夜端着大食堂做出来的半生不熟的年夜饭都只能苦笑一下,连抱怨的心思都没了。我就在这种生活中慢慢地迷失了故乡的消息,也迷失了他的踪迹。"——能与你的文字产生共鸣,生活对待每一个人都是一样的,纵使他曾是天之骄子!

Margarett:

不联系,或许因为距离,或许因为宽容,因为了解,因为心与心没有距离。有些人即使不联系却无法遗忘,有些人一直联系却仍然感觉遥远,想起朋友送自己的梅姐的《似水流年》:

望着海一片,满怀倦意无泪也无言;望着天一片,只感到情怀乱。我的心又似小木船,远景不见,但仍向着前。谁在命里主宰我,每天挣扎人海里面,心中感叹似水流年。不可以留住昨天,留下只有思念,一串串永远缠绵浩瀚烟波里。我怀念怀念往年,外貌早改变,处境都变,情怀未变冷。

天蓝:

"这时候我才好好地打量他:深秋的他身着一件皮尔卡丹灰色长风衣,好像电影上的发哥一样丰神如玉,但是他的眼神却明显地失去了当年的神采,变得有些灰暗;领带显得有些不合时宜,似乎配不上这件质地上乘的风衣。"

描写得这么细致,应该是一直藏在心深处,不敢轻易开启的回忆。

快快翻过这一页,也希望法医早早能够把心中的惋惜和痛苦快快翻过。

明天、后天、大后天……将是更美好的一天。

羊羊：

哦，对一个医学外行来说，初看文章，前因后果还真有些迷惑，看了博友的评论才恍然大悟，"杜冷丁"是镇痛药，自然会有麻醉作用。原来如此。

妖妖：

人啊，总是用N多的谎言来掩饰最初的一个谎言。

森林小猫：

"起来！是个男人你就去戒毒！"在清醒之后我声嘶力竭的狂吼着。
只有是真正的好朋友才能说出这样的话。谢谢你。

Jena：

命运不会眷顾那些用消极态度看待世事的人，所以并不以为那是偶然而是必然，留下的只有遗憾。

雨中玫瑰：

高墙外的成长生活告诉我，人这一生可以做错许多事，但是有两件经历能让普通人的一生几乎没有翻盘的可能。一件就是入狱，而比入狱更可怕的是吸毒。

95

3

　　半年后我又轮转到了住院部普外科。那是一段阳光灿烂的日子，至少做好了手术把病人送走的时候你知道他们会重新恢复健康人的生活，而不是像在什么呼吸内科、心血管内科那样，送走病人的同时心里十分清楚他们会再来，问题只在于什么时候再来以及下一次他们还能不能出院——所以我就在普外留了下来，几乎都不想走了，而普外主任似乎也很喜欢我这个做事情风风火火的小伙子，看着我的眼神老是笑眯眯的。

　　那一天轮到我收治新病人，我们大约每一周会有一次这样的机会。快到下班了还没有一个新病人来住院，护士小姐正打算和我共庆今天的清闲，两个气急败坏的警察拖着一个皮包骨头的家伙来到病房，护士小姐的脸登时有些长了——这显然会耽误她下班后和男友的约会。

　　看到护士整理好的住院病历我才发现患者居然是李文军。走到他的病床我仔细打量着他，几乎不敢相信自己的眼睛。他的衣服又脏又破，简直就和叫花子没什么两样，身上的气味难闻极了，同房的患者只要还能走得动都不知道跑到哪里去了。看得出来他的肌肉和活力在迅速地萎缩着，以至于身上的皮肤显得比需要的多出太多，无用的皮肤在全身各处丑陋地折叠着，松弛着；而他的眼神已经没有了一丝灵动，透过他的瞳孔看到的只是空无一物。

至
毒

我很快搞清了情况。这几位派出所的干警打算把他抓起来遣送原籍强制戒毒，而他竟然乘警察不备突然冲到路边修鞋的小摊抓了一把鞋钉吞了下去，警察只好自叹晦气，先送他来治病。

我的手上正拿着那张X光片。二十枚。二十枚尖锐的鞋钉。我几乎不敢想象他是怎么把这些玩意吞下去的，难道他就没有正常人的痛觉吗？而此刻这二十枚鞋钉正分布在从胃到回盲部（长阑尾的地方，这个地方肠子弯曲了九十度，而且有一个很狭窄的关口，异物一般很难通过），这好几米的消化道里面，其中的几枚显然已经扎破了他的消化道，他已经出现腹膜炎的症状了。

我从消化道里面取出过项链、戒指甚至蛔虫，但是鞋钉还真的是第一次，而且有这么多，分布范围这么广。（顺便多一句嘴，吞金自尽的传说在中国流传甚广，但是我没有看到过这样自杀成功的案例：黄金的物理化学特性十分稳定，以至于我从患者肚子里面取出来还给家属的时候他们完全看不出来它曾经在肚子里面旅游过一次：吞金的唯一副作用很可能是你的肚子会多一道难看的伤疤。）

二十枚钉子如数取出后我连站的力气都没有了。我知道绝不是体力上的缘故，因为我曾经在手术台上连续站过十七个小时，而下台的时候看见患者的笑容我简直还可以再打几个侧手翻。但这一次，一个并不复杂的手术，却让我汗透重衣，一屁股坐在了更衣室黑暗的角落，抽着闷烟，一言不发。

我已经无法确定他身上人的成分还有多少。在我看来他只是披着人皮而已，他整个身躯、整个灵魂无疑已经被毒品这个恶魔完全占领了，这个念头让我不寒而栗，要不是实习生找到我要我在术后医嘱上签字，我不知道我还会一个人在黑暗中坐多久。

剩下的几天我连看都不想多看他一眼。我装作不认识他，漠然地查着房，而我也看不出他有一点点想认我的意思。

我以为他在出院以前总该老实一点了吧。但是没有，他乘警察不备跑了，在我准备给他拆线的前一天。

97

他的逃跑显然让民警们觉得是一种侮辱，年轻的警察们个个主动请战，发誓到天涯海角也要把他抓回来。其实他这么一个身无分文，同时又被毒品折磨得弱不禁风的人能跑多远呢？第二天警察们就在一个废弃的棚屋区找到了他，而那里正是他们这些瘾君子们经常聚集的地方。

于是他被遣返回老家，强制戒毒。我觉得这是一件好事，至少在关押期间他是接触不到毒品的。半年后他回家了，脸色好了许多，人也老老实实了，这显然给了他父亲莫大的安慰，他甚至还打了一个电话给我，告诉我他儿子的进步。

后来听说他结婚了，找了一个乡下朴实的姑娘，而且也住到了农村。后来我知道这是他父亲的安排，目的是为了不让他有机会再和原来的毒友们接触。我觉得这个决定无比英明，虽然乡下的生活要简陋许多，但是无疑能让他作为一个人，而不是一个魔鬼活着。

我以为这件事情就这样结束了，我的心情已经平复下来，我几乎觉得这是一个很完美的结局，完美得超出了我的想象。

但是现实再一次击碎了我的梦想。一次我当班的时候他又来了，又是被警察拖来的。从那个显然是参加工作不久的小警察委屈的抱怨中我知道了事情的原委：这次是他的父亲看见他一年多没有吸毒了，就借了一笔钱给他做生意，试图让他东山再起。而他没到几天就把钱全部花在了毒品上面，再一次一文不名了。这一次警察抓捕他时聪明多了，没有给他任何抓鞋钉的机会，但是他也狡猾多了，他卸下了拘留室窗户上的风钩，吞了下去。

他能够再一次吞下异物，但我却不愿再一次经受给他做手术的折磨了，于是我找到主任，向他解释了整件事情，求他随便指派哪一位医生接手我的任务。主任默默地听完我的讲述，笑着问我："白求恩在炮火里做手术的故事你知道的吧？他为什么能做到这一点？"

"他勇敢呗！"我一时没明白主任的意思。

主任缓缓地摇了摇头，笑着说："如果在手术台下，我相信白求恩一定也会和正常人一样去躲避炮弹的。但是他在手术台上，那时候他的角色是一个外科医生，我想白求恩在扮演外科医生这个角色的时候没去留心炮火，甚至有可能根本不知道炮火的存在。"

我低下头，若有所思。主任笑着说："去吧，你是个聪明人，响鼓不用重锤，我想你会明白我的意思的。"

多年以后当我回想起这段话，我认为它改变了我的一生。现在的我早已不再是一名外科医生，但是这段话让我明白了工作和生活之间差别。在做法医的时候，我就是一名不为个人感情所动的法医；而当我完成工作，我又会恢复到正常人的角色，无数的悲欢离合可以让作为法医的我淡定，但永远无法让作为常人的我麻木。

于是一切都好像是在重演：同一间手术室，同样的我和他。唯一不同的是麻醉师换了，显然他也知道了这个故事，于是极不耐烦地对文军说："我们是不是应该在你的肚子上装一个拉链，省得你下回又把什么吞下去？"

然后他选择了在这种情况下很不常用的麻醉方式：氯胺酮分离麻醉。这种麻醉方式最简单：麻醉师只要给病人打一针就可以了；但是这种麻醉之所以被叫做分离麻醉是因为它麻醉的只是患者的痛觉，事实上患者会在手术之中清楚地感觉到自己的身体在被牵拉、切割着，只不过不痛而已，因此除非是要严密观察患者情况的手术比如说儿科手术，我们一般是不会用这种麻醉方式的，另外这种麻醉方式还有一个副作用，由于它不会造成患者肌肉的松弛，切口要相对大一些。

我认为麻醉师是要故意惩戒一下李文军。而麻醉方式的选择是他们的事情，我不好多嘴，于是我选择专心扮演好我外科医生的角色。

手术很成功。我顺利地取出了长达十二厘米的风钩。完成手术之后，等我恢复到常人的时候，我决定要和他好好谈一次了。

我选择了一个晚上来到他的病房。其他的病人都不在，显然大家都对他唯恐避之不及。他的右手铐在床头，房间没有开灯，一轮弯月挂在天上，将寒光透过窗户撒在我和他的身上。我坐在他的床头，背对着他，慢慢开了口。

那一晚我讲了很多。我不知道我是不是语无伦次，但是我的讲述是饱含深情的。我从我们年少时美好的回忆开始讲起，一直讲到他的蜕变，可以说讲得痛心疾首，我觉得他只要是个人，只要他不是草木，都会被我打动的。

但是我没有发现他有任何反应，于是我转过身来，他看着我，眼睛里带着久违了的火热，说："做手术的时候你给我打的是什么？比任何毒品感觉都好，你能不能再给我打一针？"

我简直不敢相信自己的耳朵，我一脸的愕然，一句话都说不出来。他以为我没听清，眉飞色舞地向我说着手术之中他是如何如何的飘飘欲仙，最后又加了一句："再给我一针吧！"

我拂袖而去，在门口，背对着门我说了一句："你好自为之吧。"就再也没有回头。

这是我这辈子对他说的最后一句话。当年的我并不清楚为什么他会觉得氯胺酮会有那么好的感觉，多年以后，当我成为一名法医，我才知道原来氯胺酮就是毒品 K 粉的化学成分。

手术七天后我让实习生给他拆了线，警察马上带走了他。我没有和他再说一句话，但是关于他的消息还是不断地传到我的耳朵。他又被带回老家强制戒毒；从戒毒所出来的第二天他又去吸毒了；讨债的人带走了他父亲所有值钱的东西；他的父母离婚了；他的妻子为了向他证明毒瘾是可以戒掉的不惜以身试毒，结果也染上了毒瘾……

我感觉毒品就是一个深渊。一个你永远看不见底的深渊。一个人染上了毒瘾，不仅是他本人，就连他的家庭，和他相关的任何人都有可能滑向这个深渊，不断地滑下去，不知道哪里才是尽头。

网友评论选登

谈笑间：

我是新来的，在文学城上见到你博客的介绍，随便过来看看，以为就是些猎奇的东西，没想到一看就放不下了。周末看到凌晨三点， 很感动你的用心和善意，在看了太多的谩骂，做作和无聊以后，看到你的文字，真如清风拂面，尽管你表现的是人生无奈和悲惨的一面，但是用你的文字表现出一种善良和向上的感觉，很欣赏。

Moma：

看《至毒》系列我就在想：该怎样教育我的孩子呢？既让她能充满自信又可以百折不挠，还不想让她受到伤害。美好被逐层撕破，痛心啊……真所谓哀其不幸，怒其不争啊！

丑小丫：

我第一次看有关吸毒的小说是毕淑敏的《红处方》，当时是非常震动，现在看法医大哥的博客也是一样的感受，真希望天下不再有毒品这些东西了。

加菲猫：

主任的话我爱听，这才叫对事不对人。人是有感情的，难免将情绪带入工作，我一直比较反感这种做法，这叫分不清。
对人与人之间的关系也是这样，我不会因为利益关系去跟一个我合不来的人好（指交往关系表面不错），让对方感觉你和他（她）关系不错，是朋友。真正的合得来才能成为朋友。

鹰鹰：

这个故事给我很多的感悟，有生活的，有思想的，有感情的，有……总之，有很多很多！人生没有挫折是不可能的，最重要的是：自己如何去面对，如何去克服，如何才能在哪里跌倒就从那里爬起来！

我看大家都可以来个讨论了！

森林小猫：

让我们远离毒品，世上没有比毒品更可怕的东西了，它能把人变成魔鬼，把魔鬼变成人。

我记得看过一篇报道说，据吸过毒品但戒毒成功并多年未吸的人讲，吸过毒品并戒毒成功的人就像燃过的火柴一样，沾火就着，这就是吸毒—戒毒—吸毒—戒毒……的原因。

丑小丫：

也许会不会是因为有钱而沾染上吸毒的恶习呢，因为有钱了，想尝试那么贵的毒品是什么味儿，心里也许想着，反正我有钱，我吸得起，然后就陷入泥淖了。

我想我是愿意平平淡淡地过一生，做个普通人，不要有钱不要有权，反正生不带来死不带走。

　　读法医病理研究生的那段时间让我回到了久违的学生生活。一个暑假，我去拜访了他的父亲。那个曾经在我眼中金碧辉煌的家现在变得破败不堪，门上一张"借钱给李文军的人后果自负"的字条早已被岁月漂白，在微风中瑟瑟发抖。

　　他的父亲出人意料的苍老。头发早已花白，连背也佝偻了起来：在我的记忆中他可是一名豪情真汉子啊。看到我他父亲愣了一下，马上把我请进了家门。

　　这个家真的已经家徒四壁了，墙上依然挂着文军小时候的各种奖状，而当年智力竞赛的那个奖杯，就放在家里最显眼的柜子上。触摸着这些奖状、奖杯，往事一一浮现在我的面前，我的心中如五味杂陈，泪水几乎忍不住夺眶而出。

　　他的父亲告诉我，文军正在住院。上个礼拜文军因为偷东西被人发现，从三楼跳了下来，摔断了腿。此刻到了午饭时间，他正准备去送饭。

　　我无言以对，握了握他父亲的手，硬塞给他二百块钱，飞快地逃离了这个沉重的地方。

　　文军出院的那天，我鬼使神差又来到了他的家。他的腿上还打着石膏，脸朝墙躺在床上，吸着烟卷。此刻的他已经完全不像一个人：两只眼睛深深地陷了下去，眼圈黑得像是用墨汁染过，身上瘦得能数清每一根肋骨，膝关节奇怪地膨大着，成为这个下肢最粗壮的部分，而大腿，能看到的只是包着一层皮的股骨——甚至可以看到股骨的每一个隆起和凹陷。

突然，他的父亲发现了异常，一把抢过了他的烟卷，扔在地上，狠狠地用脚踩着，喝问他："这是哪里来的？你从哪里带回来的？"

在我还没来得及做出反应之前，他的父亲抽出了一根皮带，劈头盖脑地向文军身上抽去。皮带抽在他的脸上、身上，我看不出文军有什么反应，他几乎连眼睛都没有眨一下，我甚至看不到他的皮肤上出现皮下出血的痕迹：我怀疑他身上到底还有多少可以循环的血液。

文军无动于衷，他父亲却下不了手了，喘着粗气，把皮带扔在一边，坐在地上就哭了起来，我从来不知道一个男人还可以哭得那么伤心，那哭声就好像是一道冲破了大堤的洪水，又好像是在森林里找不到出口的野兽。哭着哭着他突然站了起来，抓起那个智力竞赛的奖杯就要往地上摔去。

我一把抢过了奖杯，把他的父亲揽在怀里，任由一个男人的泪水洒在我的肩膀。

那是我最后一次见到文军活着。不知出于何种原因，我带走了那个奖杯。

我和文军最后的一次相逢居然是他躺在解剖台上。有人在铁路旁边发现了一具无名尸体，而民警的初步检查发现他身上有些痕迹不能用火车的碾压解释，于是就送到了我们这里。我一眼认出他就是文军，虽然此刻他已经身首分离。我甚至认出了他肚脐周围的那个胎记，我记得小时候我开玩笑说它像一只小猪。

我依然按照法医工作的要求给他取了指纹，我知道他有前科，确认他的身份并不是问题。看了看他身上的损伤和痕迹后我就来到了现场，我想从现场发现一些什么来解释民警的疑问。

事实上民警也倾向于他是自杀，因为他的手边就放着一份写在烟盒上的遗书，虽然上面只有三个字，"我走了"。他甚至为了防止遗书被风卷走压了一块石头在上面，这些都无可辩驳地说明他是自杀，警方觉得有疑问的只是为什么他的身上湿淋淋的，而且颈部和头上都有伤痕。

看着现场四周的环境，我明白发生了什么。他先是试图在小河里自溺，但是求生的本能让他游了上来；接着他试图用石头打死自己，他拿着一个石块拼命地向自己的头部打去，但是孱弱的身体还是让他没能成功；然后他想自缢，萎缩的肌肉让他爬不了那么高，因此还是失败了；最后他选择了卧轨，他选择了一个火车弯道的地方，确保司机不会先看到他，这一次，他终于成功了。

我和我的同事都没有见过这么复杂的自杀，于是我们起了争论，关于死者在死亡之前精神状态的问题。我的同事认为正常人都有求生的本能，一次自杀不成功后很难再进行第二次，何况他一共自杀了四次；先前他吞服异物的行为更加证实了这一点，他的精神状态有问题，而他精神失常的原因就是：吸毒。但我坚持认为先前他每一次吞服异物都是有目的的，不足以说明他的精神状态异常，而他对自杀弯道的选择、遗书以及遗书的摆放无疑证明了他那怕在临死之前都是十分清醒甚至明智的。我们谁也说服不了谁，好在这一点并不影响我们对他死亡方式的判断：自杀。

但是问题并没有结束：没有人认领他的尸体。这时候我才知道他的父亲已经在半年以前死于脑溢血；而他的妻子，当我找到她的时候，也已经是一个失去了灵魂的瘾君子，因为卖淫染上的梅毒让她全身令人恐惧地溃烂着，对外界，她已完全失去了反应。

至
毒

Siriudie：

带走了奖杯，也带走了往日的回忆……

快乐且真实的女子：

我感慨生命之轻，一个生命居然那么容易就会失去；我感慨生命之重，对自己对周围的人会带来那么深切的痛。请珍惜生命，善待生命，于人于己，都只有那么短短的一世。

冷天蓝：

真正的家破人亡，
不知道在这最后的一刻，他平静的脑海里会想起什么……

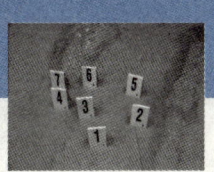

　　我站在这抔黄土的旁边，三天前，我把文军的骨灰带回了故乡，临走之前我决定再来看他一眼。天上下着小雨，飘零的雨丝正如我剪不断、理还乱的思绪漫天飞舞，飘累了，就在我的肩头，他的新坟上停下来，休息一下，转眼又不知道飞到那里去了。

　　我把那个奖杯带来，安放在他的坟头。虽然他活着的时候人不如鬼，但是他最终用死亡逃脱了毒品这个恶魔，一如凤凰涅槃，在临死前的那一刻，我相信他的灵魂是清白的。

　　此刻在天国的他，已经摆脱毒魔的控制，终获自由的他，应当重新获得这份荣誉。

　　愿文军在天国安息。

冷天蓝：

终于摆脱了毒瘾，愿他安息。

普通人：

法医写得真棒！
可是为什么说他至少临死的时候灵魂是清白的？
清白的灵魂，起码是对人没有伤害。而他呢，他的妻子仍在这世上因他忍受折磨！
清白的灵魂，起码要对过往的伤害有所忏悔。他没有！
他只解脱了自己的痛苦，有何清白可言？

找你：

楼上的，你还要他怎么忏悔，我觉得他的自杀就是他的忏悔，难道你要他把妻子一起叫上去自杀。

凶手是谁?

1

　　来上班的时候我就知道弟兄们都到下面县里去了，今天的办公室只剩下我一人。我已经设计好了这个惬意的星期五：上班的时间可以泡一杯立顿红茶，一边慢慢品味着，一边听着漫步者流淌出惠特尼浑厚的歌声，而办公室外正是春光明媚，楼下的草地一片嫩绿。下了班，我手机的积分正好够我换一张电影票，哈哈，这个星期五几乎是完美！

　　这样休闲的生活简直让我浑身每一个毛孔都充满了春的生机：似乎伸个懒腰都能听见自己骨节快乐而舒展的声音，煦暖的春光更是让我乐不思蜀——我居然在沙发上睡着了。

　　突然，一阵急促的电话铃声把我吵醒，刚醒过来的我还神志不清：摸了半天的手机才发现居然是办公桌上的电话在响，迷迷糊糊就听见："我们这有个盗窃杀人的案件，你过来一下，尽快！"

　　大约在接电话十五秒后，我清醒过来了，这时候肾上腺素急剧升高，我像装了弹簧一样，一跃而起，一边通过手机联系车辆，一边准备我的工具箱和必备器械。我不知道别人会把我的工具箱想象得如何的恐怖，但是它实在是很干练的银色（今天我看了CSI第二集，和他们的颜色、大小都一模一样，哈哈），而且，它就是我的武器，每次提着它，感觉就好像古代的武士穿上了盔甲！

　　我知道我为什么会有这样神圣的感觉，记得那是几年前的一个案例：一位商人和他当过坐台小姐的二奶被人杀死在房间里面，月余才被人发现，而刑警们就是凭着现场的血手印和死者最后的通话记录千里追凶。几个月后，案犯终于落

111

网，但是，刑警们的行程累计足够绕地球几圈，耗资数百万，甚至，出差过程中还有两起车祸，刑警两死一伤……

我不知道经济学家会怎么算这笔账，拿三个刑警精英去换两个并不那么值得同情的人被杀案件的侦破，到底是否值得；但是，在我心目中，那就是对"人命关天"和"命案必破"的最好诠释！！（向上海的警察兄弟们致敬！）

这次，按照朋友的说法，是一起盗窃杀人案。我知道他的意思，虽然他的说法并不那么准确，因为在我们国家是没有"盗窃杀人"这么一项罪名的。如果盗窃被人发现而行凶，那么转化成为抢劫罪；如果造成对方死亡，那就是抢劫罪的加重情节，并不是原来的抢劫罪或者故意杀人罪。但是，无论罪名如何确定，恐怕这都是一起恶性案件！

通过手机，我很快了解了大致案情：死者是一个孤老头，平常脾气不太好，亲戚不太愿意和他一起住，因此一个人住在山上，侄儿每个礼拜上来看他一次。这次侄儿一上来就惊呆了，老人家的房间门开着，锅碗瓢盆撒了一地，而老者手持铁棍，倒在房屋中央！

报案后刑警们让侄儿安定下来，很快又发现一个情况：老者用毛巾包着放在床头的四千余元现金不见了！

我一边听着电话，一边在心里盘算着，嗯，这个案件对我来说应该不难，暴力致死往往损伤严重，我需要的就是尽可能推断出致伤工具，为破案提供线索就可以了，嗯，是这样的！

县里的同志已经在殡仪馆的解剖间等我了，也来不及客套什么，披挂上阵！

越检查，我就越纳闷，老者身上居然什么伤也没有，这就奇怪了，难道真有什么方法能杀人于无形？

　　表面的检查没发现什么，解剖后倒是发现老者的冠状动脉闭塞得挺严重，但是，我知道冠状动脉闭塞不等于猝死，还有那么多冠心病的患者活得好好的呢！而且，就算是冠心病突发引起的死亡，那么是什么诱发了老者的心脏病，又怎么解释现场呢？

　　我决定还是要去现场看看，做完解剖已经是晚上六点多了，我匆匆扒了两口饭，就跟着经办民警和他侄儿来到了老者的家。老者还真是住得挺偏僻，一个左邻右舍也没有，山风吹在屋后的松林里发出阵阵松涛声，老人家看来也不喜欢宠物，猫啊狗啊鸡啊鸭啊一概没有；房间的陈设也很简单，碗柜倒在地上，瓷碗碎了一地。

　　那是一个三条腿的碗柜，另外一只脚是用绳子绑了一根木棍加固的，现在加固的木棍已经脱离了原来的位置，而外面的一条腿断了，很明显是最近新折断的，断端的外面居然有打击的痕迹，对比一下，正是老者的铁棍打的！

　　这可不对劲了，从打击的角度看老者应该是蹲着打的，难道，贼变成了一只老鼠，躲到了根本不可能躲一个人的碗柜下面？

　　我又让他侄儿找到老者包钱的毛巾，现在它正好好地包着几本破书呢！不对劲，更不对劲了！哪有小偷偷了东西还要拿本书包上的？难道他还怕死了的老者发现不成？

　　我又蹲到了碗柜下面，仔细打量起来（后悔那天没带警用多波段光源，老者房间的白炽灯又太暗），功夫不负有心人，我终于在柜子腿的断端发现了一根毛发！

我用放大镜看了一下，哈哈，这可不是人的，它的毛鳞太粗大，毛色也是灰黑色的，这可不符合人类毛发的特征！

这时候我的心里有数了，我又叫他侄儿和经办民警一起去找钱，终于，在杂物间找到了！

他侄儿拿着钱目瞪口呆，看着他发傻我就跟他讲开了：老者早就怕有小偷所以把钱藏在了别的地方，那天一定是一只小动物（后来他侄儿说山上松鼠挺多）进入了老者的房间，老者追赶小动物的时候打断了碗柜的腿，锅碗瓢盆撒了一地，老者气极攻心就……

我决定下次让他侄儿抓一只松鼠和这根毛发比对一下。

回到家已经是半夜三点，我没有了出发时的豪迈，但是我的心里却并没有感到失落，毕竟，在这个案件我没有看见任何罪恶。

网友评论选登

空空：

哈哈，就是星期五，在聊天室里面正和我们说话呢，忽然就走了那次啊。

当时还想呢，走得这么急是什么案子啊，现在就放出来了，满足偶们的好奇心了。

芸芸：

驾驭情节进展的分寸越来越好了。

小马哥：

关于"上海的刑警为了抓获两名杀人嫌犯耗费大量人力财力，还付出了生命的代价"的事我觉得是个意识形态的问题。记得有个小故事说的好像是李嘉诚或比尔·盖茨我记不清了，他在一次停车的时候不小心把十元的硬币掉到马路边的下水沟里了，就是那种常见的有铁栅格封盖的那种，他无法取出这枚硬币，于是叫旁边的停车服务员帮他的忙，费了好大力气后终于把这枚十元硬币取出来了，服务员心里还暗笑他抠门，但他却给了服务员一百元的小费。服务员不解问其原因，他说如果这枚硬币掉到里面那么整个市场的流通里就少了十元，但我把它取出来，它就可以继续流通了，这对国家经济有好处，我给了你一百元，你可以用它进行别的消费，这仍然在流通，所以用一百元来取这十元的硬币是值得的。

也许道理是相通的吧，道理不在于一加一大于一，而是维护了法律和正义的尊严以及社会的秩序。

csifan

回楼上的小马哥，给小费的那个人是李嘉诚。

爱跑跑 _：

嗯，是得有颗仁慈的心，丢东西可不能砸到花花草草，伤到小动物更是罪过。

马兰花开：

这个案例的最后一句真是点睛之笔。

这样看来，法医在整个案件中发挥的作用至关重要。法医的研判水准直接关系到一个案件的性质。譬如在这个案件里，如果不是法医细心而敏锐地查证，也许这个案件的性质就会完全不一样，如定性为刑事案，就会浪费许多警力了。

x 奇迹：

细心的男人，大概是很迷人的吧？
在你找到那一根毛发的时候，眼睛里一定有让人难以释怀的眼神。
起码，我敢肯定，认真的男人很迷人！

115

一起不该发生的矛盾

117

1

　　我在网站上看到过两种完全相反的意见，一种认为现在医疗事故由医学会或者卫生局鉴定，这是自己人给自己判案，明显不合理也很难保证公正，法医应该参加医疗事故鉴定。另一种则认为法医和医生隔行如隔山，不应该参加医疗事故鉴定，我不知道谁是谁非，都有道理，但我们这儿法医是参加医疗事故鉴定的。去年冬天就有这么一个案件，苍阳市卫生局医政科找到我们，说有一起医疗事故争议要我们帮忙。二话没说我先答应了下来，接着了解了一下基本情况。

事情是这样的，死者是一位老年女性，前一段时间遭遇了车祸。车祸当天情况还是比较严重的，老人家多处骨折，神志也不是很清楚，但是经过抢救老人家本来已经稳定了，从重症监护室转到骨外科一周后的一个晚上，老人家叫家人拿来便盆要解手，突然发了病，三十分钟后就离开了人世。

这种情况家属肯定是想不通的，特别是儿子，老人家含辛茹苦地把自己拉扯大，还没来得及享福就这么不明不白地离开了人世，怎么能不心痛？不过说实在的，可能是做过医生的缘故，我对医院也很理解，当医生的没人想把病人治死，出了这样的结果他们也很烦。

走上高速公路不到一小时我就到了，没想到的是院长办公室一片狼藉，看来冲突不小。我们让双方当事人都坐下来，我们需要了解情况。来的人有死者的儿子和其他近亲属三个人，院方也派三个人来介绍情况，包括主治医生。奇怪的是真的大家坐下来了气氛反而有点沉闷，居然没人肯先说话了，我笑了一下，让家属先说。家属说的情况和我刚才了解的情况一样，但是我注意到说话期间他接了一个电话，他说道："爸爸现在很忙，你先在学校等一下，一个小时候后我开车来接你。"在他准备接着往下说的时候我打断了他的说话，对他说："今天我来的目的就是为了给大家一个公正的说法，这个请你放心。同时死去的人已经死去了，我也请你节哀顺变。另外，在这个时候请你格外注意你活着的家人，照顾好他们，你已经经不起下一个意外了，所以，请你先把小孩的事情安排好，另派一个人去接他，然后我们再开始好吗？"

119

我的话显然让他思考了一下，安排好这件事情后他接着说了下去，我不时地做着一点记录，虽然这些情况我已经了解。下面接着讲的是主治医生，看得出他还很年轻，很紧张，时不时地舔一下嘴唇，腿也在下意识地抖动着，显然他没有考虑到家属能不能听懂，说了很多专业名词，我注意到的是他很敬业，因为星期六、星期天也就是案发前两天他都来查了房。

　　等我了解完我想知道的一切，我知道下面该是我说话的时候了。首先我让医院把封存的病历拿出来，当着双方拆封，看完病历后当面复印了一份给家属。然后我要求家属中派出一个懂医的，医院方面也派一个人，一起参加解剖。我知道，揭开谜底的时候到了。

　　解剖结果一点也不出乎我的意料，坦率地说跟我设想的一模一样，因为同样是在苍阳县，前不久我也遇到过一个类似的案件，只不过上回不是医生造成的，也就不是卫生局的管辖范围而已。听了案情我们就怀疑这是一个肺动脉栓塞的案例。原因是这样的：这种病往往出现在长期不能下床活动的患者，比如说骨折的人或者是重病号，长期的不能活动让血流减慢，他们的下肢或者其他的什么静脉会形成血栓，当然老年人血流本来就比较慢就更容易发生了；当由于某种缘故让这个血栓脱落的话，它会沿着血流的方向前进，首先是回到右心，这一段路程越走越宽问题不大，但是一离开心脏进入肺动脉，下面的路就越来越小了，往往会卡在肺动脉左右分枝的附近，这样整个肺就失去了血液循环，人虽然可以吸气，但是氧气无法运出，甚至有可能肺会坏死，你说人会不会死亡？

　　这次和上次唯一的不同是，上次受伤的老者拆了石膏后迷信地找来了巫师，巫师装神弄鬼地弄了一番后对他的伤处挤挤捏捏，正是这几下挤挤捏捏让固定的血栓脱落，最后导致了老者的死亡，这个我们管它叫诱因，巫师多少是有责任的，这次呢，极有可能是患者要解手的活动导致了血栓的脱落，医院一点责任也没有。

　　这时候法医应该注意的第一是要做到证据确凿，因此心脏和肺动脉必须原位切开，发现栓子后照相固定证据，因为如果是心脏已经离开了周围的解剖结构，血栓到底是哪儿来的就有点说不清了；然后还得找到血栓的来源，这个患者骨盆有骨折，因此下肢腓肠肌和髂静脉都要特别注意。

血栓在横断切开的腓肠肌找到了。当场看到解剖过程的外科主任和患者家属（一个护士）都心服口服。死因已经找到了，但是这件事还没有完。

没过多久，死者家属找到了我，这时候他们已经是追悔莫及了，显然这种情况下，肺动脉栓塞属于骨折后石膏外固定的难以避免的并发症，医疗事故是无法构成的了，医生的处理包括打石膏没有任何失误，那么他们现在面临的是两个问题，第一是医院会不会告他们扰乱公共秩序，第二是难道人就白死了？第二个问题是我的本行，当时我就答复了他们：这种情况第一是难以避免，这个病出现在任何医院都是回天乏力，因此家属不要过于自责，说什么换个好医院会不会好一些，再者，我们是这样分析死因的：直接死因是肺动脉栓塞无可置疑，但是这不是根本原因，根本原因还是车祸，因为没有车祸就不会骨折，没有骨折当然谈不到骨折的并发症，矛盾的根源还在车祸上，鉴定结论上我已经体现了这一点。

第一个问题不是我的本行，但是，我还是做了一件事情：我给医院打了电话，告诉他们患者家属已经对砸了医院追悔莫及，愿意做出赔偿，教育目的已经达到了。

我不知道我做的是对还是错？严格地说这不是我的职责范围。但是我常常想：如果大家特别是患者家属多一点医学常识，这个矛盾是不是就不会发生了？

一起不该发生的矛盾

过客：

楼主的文笔实在精彩，太精彩了，怎么看都不像搞医的……

汗流浃背：

干扰了正常的医疗秩序,就有可能影响其他人的治疗甚至于害人。这样的人，不能姑息。这是法制社会。法理大于人情。

空镜子生活秀：

每天看你的文章成了我的习惯。虽然写的是各类案件,但从字里行间，看到的是对死去生命的负责。
希望你能坚持写下去，这个世界总是存在丑恶的，但更多的是美好和希望。我相信生活终是温暖的，希望终是给有爱的人的。
坚持下去，为我们百姓做更多的好事！也祝福你！

阿吴：

能够把法医工作"轻描淡写"出来的人不多，法医工作的神秘也许是把"人"和"死亡"联系得比较紧密的工作。你讲故事注重细节，字里行间没有夸大现实的残酷、冷漠！这种平静不是一蹴而就的。

ss：

今天偶然看了你的文章，有一种很不一样的感觉，我老公的同学也是法医，我以前遇到他，就会有一种神秘,诡异，甚至恐怖的感觉，可是读了你的文章后，他的形象好像霎时高大了许多。

123

crazy2u：

真是中国版的 CSI，现代版的宋慈啊。

雨燕：

支持你！有你这么睿智的人，天下一定会少很多残酷的事情。感觉身边还是有坚固的盾牌的！

吸血妖皇：

我想大家来这里不是因为你是什么权威吧，而是你能把亲身经历的案子用一种平淡的语气娓娓道来，没有故作高深，没有多么强烈的爱恨情仇，每人都能做出自己的评论，所以才会得到大家的关注吧。

庸 医

1

庸　医

严格地说这不是一起医疗纠纷，因为行医的人根本没有医师执照。在我们国家这种情况叫非法行医罪，但是这个案件给了我太多的无奈……

　　我是法医

　　那天一大早县里的一个法医同行打电话过来，说有个案件要帮忙，平时就挺熟的，我也没多说什么，就答应了。

　　一路风景不错，他所在的县本来就是一个国家级风景区。一路上我们有说有笑没觉得多久就到了，先是了解卷宗，这是一个卫生局转来的案件，一位外来民工的因为经济问题到私人诊所给老婆接生，一生下来孩子就死了，接生婆看见这个情况连脐带都没剪就跑了，幸运的是大人马上转大医院抢救了过来。民工当晚就告到了卫生局，卫生局一查没有行医执照，给民工做了一个询问记录，第二天一早把案件转来了公安局，因为这可能涉及刑事犯罪，卫生局无权管辖。公安接到报案当然是首先做鉴定，看医疗行为和死亡结果之间有没有因果联系，是不是构成犯罪，如果构成，马上抓人；如果不构成，那么这是一个无照营业的问题，仍然归卫生局管辖。（你晕了没？我也晕！但是没办法，执法者都不依法行事怎么办？）

　　我叹了一口气，能做的只是时不我待，马上动手！拖得越晚，这个罪犯就跑得越远！（当晚接生婆就跑了，公安无法在没有证据的情况下通缉或者协查。）这真是一个很可爱的男婴，头发指甲都长出来了，说明孩子发育得很好，肺里已经有了空气，说明他临死前还感受过过人世间的气味，胃内也有了空气；十二指肠还没有，说明他还没来得及尝尝做人的味道，生下来不到半小时就离开了人世！

我几乎是噙着眼泪做完解剖的。我只能说：天若有情天亦老！

我得承认，我对孩子有一种特殊的怜爱。我不怕断肢残臂，因为损伤越多留给我们的证据就越多，但是每次解剖对象是可爱的孩子的时候，我心里都很不舒服。所以有的法律专家认为新生儿死亡的案件应该比成年人判得轻一些（实际中有时候也是这么做的），我特别不服气！既然说"法律面前人人平等"，难道新生儿不是人？

镇定心神，我还是恢复了我的职业本能。新生儿死亡案件中，死因千差万别，什么脐带绕颈、羊水吸入都有可能，现在"医生"也跑了，病情也问不到了，这还真是考验我真本事的时候了！

很快，我就发现了一系列不正常，首先是头部有一个十厘米左右圆圆的包，妇产科叫"产瘤"，一般这是生小孩子不顺利时上了吸引器啊什么的造成的，刚刚看卫生局的记录明明没有用吸引器啊？怎么回事？或者就是小孩有很多的窒息表现，比如说小孩的睑结膜和口腔粘膜都有很严重的充血、出血，胎粪也出来了（新生儿的粪便是绿色的，做过妈妈的应该知道），就好像我们在一些勒死案件中看到的一样，我马上重新量了脐带，四十九厘米，不长啊，再说也没有颈部的勒痕，一定不是脐带绕颈，那是怎么回事啊？

打开头颅我才发现，小孩子死亡的直接原因很明显，是颅内出血。可是，如果鉴定结论就写到颅内出血引起死亡，我是可以交差了，但是这个案件还是解决不了啊？为什么会颅内出血，颅内出血和"医生"的处置不当有没有关系才是解决这个案件的核心所在！

我脱下手套，一边仔细地重新阅读卫生局和公安局的卷宗，一边摆弄起我的手提电脑查找资料大约半个小时，案情终于豁然开朗了！

原来一切的症结在于错误的用药！“医生”给产妇肌肉注射了催产素！催产素的使用本来在妇产科是个常事，一般有三种给药途径：滴鼻、肌肉注射和静脉滴注，但是肌肉注射只能用于产后出血，催产一般是静脉滴注，而且以每分钟八滴的速度缓慢进行，一边根据产妇的宫缩情况调整快慢，而肌肉注射一注射进去就没办法调整了，它只能持续不断地进入产妇的血液循环，不断地刺激子宫收缩，哪怕是已经造成了孩子的产瘤，哪怕是已经让孩子窒息，哪怕是让孩子颅内出血！这等于是让亲生母亲杀死孩子，这是多么残忍的事情！！！也正是这个原因，这位产妇只要一个小时（经产妇会快一些，但是最快也不能少于两个小时）就“生出”了孩子，一个鲜活的却因为野医催产素使用不当而颅内出血死亡的孩子！

我的心情特别沉重。每年，仅仅因为青霉素不做皮试造成的患者死亡的非法行医案件在我手上就会有二三起，更不用提其他复杂一点的案件了。这里面涉及太多的问题，正规医院收费太高；卫生部门和游医打游击；基层卫生条件的匮乏；医学生宁可在家吃闲饭也不愿到基层工作或者开个诊所……

我只是一个小法医，我能解决什么？我只能一次又一次地面对这样的人间惨剧！我可以想象这个“医生”，我甚至不知道她作为一个接生婆肌肉注射过多少次催产素，有多少人侥幸活了过来，又有多少人是她的手下冤魂，一出问题她就跑了，反正她的诊所房子是租来的，桌子板凳也不值钱，换一个地方，她又会开业！

每想到这些，我的心情就很沉重。

西山尽览：

凄惨的案件对法医确实折磨。

我是法医：

嗯！楼上的说得很对。有时候我也觉得自己太敏感，并不合适当法医，但是每次一想到就是这种敏感帮我发现、解决了不少问题的时候，又只好让它去了……

我是医生：

本人是在医学院就学，都大三了，现在很茫然啊，平时学习不认真,现在有些后怕了!

天行：

看你的故事，颇有些看《洗冤录》的味道，不过，每个故事背后都有一些发人深省的东西,您虽然只用一种直叙的方式将故事说出来，但我读完却深深地感到震撼。

totosea：

法医给人的感觉总是冷冰冰的,但你带着感情的文章让人走进法医的世界，了解法医的感觉,对死亡也有了新的认识。

心 障

131

1

　　案发的时候我不在场。我也从来没有想过这个案件会和我扯上任何关系，但是这个世界似乎冥冥之中有一张看不见的网，轻易就把我网进了这个麻烦之中。

　　那是一起绑架案，这种案件我们一般是不参与的：那是刑警的事情。绑匪用手机向家属提出二十万赎金的要求，而那部手机显然无法追踪来源，刑警们决定让家属假意同意交赎金，约定了交赎金的地点，这样，绑匪去拿赎金的时候就是他们最好的机会了。

绑匪很狡猾，换了几个交易地点，最终决定下来的是在长途汽车站附近，家属按绑匪的要求把装着赎金的袋子放在一个垃圾桶的旁边，刑警队长此时当然是带着手下严阵以待了。

过了很久，似乎又没有多久，终于有两个疑犯走到了垃圾桶旁边，当他们一拿起赎金，在旁边埋伏的十多个刑警就一拥而上，准备生擒绑匪。

绑匪不甘失败，狼狈而逃，刑警队长朝天鸣枪了，其中一位抱着头蹲了下来，马上被捆成了一个粽子，而另外一个还在跑，这时候，枪又响了，他应声倒下。

谁知那就是麻烦的开始：十五分钟后，大家发现，被捆起来的是绑匪没错，但是被击毙的，居然是人质本人！

当时大家的注意力都在被生擒的绑匪以及逃跑的人身上，谁也没看清楚第二枪是怎么响的，但是可以确信无疑的是：只有刑警队长开了枪。

刑警队长当晚就被控制起来了，他显然也有点惊慌失措，一会说是走火，一会说是跳弹……

其实按道理这样的案件不关我一点事情：公务员涉嫌犯罪应该由检察院出面解决。但是检察院叶佳的女助手现在正在休产假，领导们居然决定让我来做叶佳的助手，那天我居然没有出差，那天我的手机居然电充得很满，居然……

现在我的头很大，特别大。

而且，这次不是我一个人头大了，大家包括市政法委书记的头都比较大了。

133

林姝：

昨天晚上躺下继续想这事，这个时候，队长有开枪的权力吗？

毕竟逃跑的绑匪手无寸铁啊。

哎，现在每天晚上躺下都想这些事啊。

石岜：

三种状况. 一是绑匪如果想拿到钱尽快脱身当然是不可能带上人质的；二是如果绑匪想到了现场可能有埋伏，那么就会带上人质一同前往取钱，如果被包围作困兽斗，枪响以后，人质想尽快脱离绑匪的控制范围所以逃跑，结果被队长误杀；三是人质和绑匪是同伙，假人质见到事情败露所以逃跑，在警告无效的情况下被击毙。至于队长为什么说了不同的开枪原因，我想可能是发生了这么大的事情，队长的经验再丰富也是有非常大的压力的，出于人的本能，说出不同的开枪原因也是可以理解的。

wendy：

感觉您写的这篇文章的调子很无奈。我很同情那个队长，可这毕竟是一条人命，搁谁头上都够喝一壶的。我接着看！

csifan：

刑警队长惊慌失措可以理解，实际上有多年经验的刑警，在碰到枪击案时也会感到思路混乱（a lot of confusion），因为一切都发生得太快了。可以想象，这个刑警队长在知道自己开枪和人质死亡有直接因果关系后，会是什么样的感觉。在这种情况下最需要的是让证据说话let the evidence speak for itself,必要时一定要进行现场重建（crime scene reconstruction）.

2

心
障

还有个原因让我头很大：我国枪支管理严格，平时我看见的枪伤都是些什么火药枪、钢珠枪、鸟铳之类的，有把猎枪就超豪华了（虽然在我国的法律中这些都是枪支），可是那些枪支和正儿八经的制式枪支比无论是枪支构造、子弹的结构还是发射原理、弹道表现都完全不同，比如说制式枪支子弹才有弹壳、底火，那些自制枪支我从来也没看到过膛线。好在上午接到通知，下午才去解剖，我马上拿起马里兰州首席法医官的《弹道学讲义》和北京市公安局任嘉诚老师和徐华老师写的《实用法医弹道学》临阵磨枪，中午饭都不知道是怎么吃进去的。

到了下午，看过卷宗后我才知道，原来我的头还会再大一点——刑警队长虽然我并不熟，但是可以说是久仰大名了，某种意义上他简直是我的偶像——他是学医出身的，当法医的同时自学刑事技术，从技术中队队长一步步走到刑警队长，现在，居然要我来解决和他有关的案件，我的心里刹那间如同倒了五味瓶，里外全不是滋味。

这是我第一次偏心：事出意外，队长不知道也不可能知道被击毙的是人质，坐牢是不会的，但是如果不是跳弹或者走火，处分是免不了的，他这样一个上进的人，因为一个意外遭受处分那意味着什么。

走进解剖间之前，我的心里一直就在念叨："走火、走火；跳弹、跳弹，"可是一看见枪弹的射入口我就傻眼了：火药晕！

其实，从枪口射出的不仅仅是子弹，爆炸后的火药也会高速喷出，因此近距离地射击射入口周围会有火药的痕迹，我们管它叫"火药晕"，这说明肯定是近距离射击,在这起案件中甚至有少量高速飞舞的火药残渣透过衣服的破口射入了皮肤,给皮肤上带来了一系列细小的擦伤,当然,这也不是直接抵着皮肤射击的,不然火药就会和子弹一起射进人体了。

跳弹是一点可能性也没有了,如果是跳弹的话不可能出现火药晕的。我的汗水马上顺着下颌流了下来。

网友评论选登

无边的幸福生活:

我没想到法医还得有弹道学知识。

石岜:

这类刑事案件的现场情况一般都比较复杂,有时千钧一发就得做出决定,我想队长还不至于负刑事责任,但挨处分估计是要的。

西西佛:

美国的法律对警察使用枪支制订得非常宽泛。只要警察表明身份了,对方任何反抗逃跑都可以开枪,而且一般执行都是击毙而不是击伤。当然美国有另一套机制保证警察不会滥用这个权力。而我们这边警察有枪都不愿意带上街,宁肯带着警棍去打架……

白开水:

警察不知道,也不应当知道那人就是人质,他打的是匪徒,所以就算是瞄准了打的,也应当是意外事件。

石岜：

不知道是人质就能开枪击毙啊？对现场情况的判断失误
也是错误。
其实我们国家对枪支的管理还是非常严的。

白开水：

我说的是不知道，也不应当知道，两个条件。
我说的是如果满足这两个条件的就是意外。
刑法就是这么写的。

心
障

　　我得承认这次我是极度的偏心：刑警队长在这次的事件中因为事出意外，是不用负刑事责任的，但是我仍然希望因为跳弹或者走火能够让他逃离一次对他前途的灭顶之灾，但是事与愿违，第一眼就告诉我，这不是跳弹。

　　我和叶佳对视了一眼，都没有说话，只是示意摄像固定证据。解剖还要继续。我完全看不出来死者腰缠万贯，名下拥有好几家建筑公司。他又干又瘦，身上的T恤是明显的假冒伪劣，黝黑的皮肤和手上的老茧似乎在向我们诉说着他往日的磨难，子弹是从他左腋前线（胸部的左侧）钻进去的，但是并没有从任何地方钻出来，看来子弹留在了他的体内。

　　我国警用手枪基本上属于自卫枪支，五四也好，六四也好，理论有效射程只有五十米，这不是说只能射五十米，而是距离远了之后由于膛线太短，子弹会明显翻滚，弹道变得不可琢磨，瞄准一点用也没有，而这次队长用的六四又无疑是警用手枪中威力最小的：它的子弹初速度最小。并且我怀疑这次火药并没有完全爆炸，这样才会有特别粗大的火药残渣射进皮肤，因此这一次的枪火并不像通常情况从一端射进，又从另一端射出。

　　于是找到弹头成了我们最重要的任务：它是技术中队枪弹组进一步分析的证据。但是弹头却好像和我们玩起了捉迷藏，顺着肺部的弹道我们没有找到弹头，甚至我们找遍了腹腔和颅腔：都没有。

　　我们决定先把死者冰冻起来，想想其他的办法。我希望能拍X线或者做一个CT来确定一下弹头的位置，但是没有一家医院愿意给一具解剖了的尸体做放射检查，一天就在无数个电话中过去了。

　　其实我在心里隐隐约约地希望找不到弹头。到底是不是跳弹或者走火对死者来说没有任何实质意义上的区别——他的家属获得的赔偿既不会增多，也不会减少。而从已经掌握的情况看不仅不像是跳弹，连走火也不像——如果是在追捕过程中不慎碰到扳机走火，子弹射入的角度不太可能那么小。找到弹头极有可能就是在判队长前途的死刑：他若干年的奋斗将随着一次意外烟消云散。

　　那一夜我失眠了，平生第一次。与其说我在担心弹头，不如说我在担心队长的命运。

网友评论选登

无边的幸福生活：

看得我把葡萄干儿都塞到脸上去了 。

我是法医：

无边，在你的不幸事件中，我的博客只是一个诱因，你一边看电脑一边吃东西是根本原因，哈哈！

林姝：

我现在喜欢不动脑子等结果了，要不晚上睡不着，还做梦。
我觉得肯定没有那么复杂，但怎么能够使结局变得简单，我还不知道。

139

4

　　第二天一早，一阵燕子的呢喃让我的神志恢复了清明，我已经想好了该怎么去做。

　　我找哥们借来了安检型金属探测仪，其实就是上飞机之前安检员在乘客身上比划的东西，一有金属它就怪叫，在它的帮助下我很快确定了弹头的大致位置：胸椎。在人体找弹头可以用这一招，在野外不行，我试过了，基本上找到的都是破铁丝和啤酒瓶盖。

　　我终于完整无缺地取出了这枚弹头，它藏在胸椎里面，旁边的软组织覆盖了它射入胸椎的入口，难怪我摸不到它，也看不到它。弹头的前部有一些变形，看来胸椎阻挡了它的前进，这同时也说明它射入人体后翻滚并不严重：射入口、弹道和它的位置在一条直线上；弹头其它的部位很光滑，这完全否定了跳弹。

　　我测量了一下弹头的位置和射入口的位置，整个射击的过程就昭然若揭了：弹道和水平线夹角大约是向上五度，射入人体是从胸部侧面前方，子弹在胸部后方停住，可以推断出队长射击的姿势：他已经跑到了死者的前侧面，右手端枪，手臂外展，枪口稍稍向上击发了这颗子弹。看来队长完全是判断失误，他坚定地认为这就是劫匪。

　　我完成了我的任务：确定了射击距离和射击角度。我也如实地写进了报告，但是我清楚地知道这意味着什么：队长会受到处分，国家赔偿以后还极有可能要按比例向他追偿一部分。我的心里一直惴惴的。

　　过了大半年以后，我又见到了这位已经不是队长的队长。他的神情已经没有了往日的飞扬，也没有了当初接受调查时的慌乱，见了我，老朋友一样打着招呼。我知道由于他的技术全面，破案他还是一把好手，只是现在他的目光里，多了十分的稳重。

　　有时候我在想，是不是人的一生必须经过这样的几次磨难才会成熟呢？

网友评论选登

心尔：

排除主观偏见，尊重事实，也不是容易的事 。

_弦_：

多么认真、细致的工作啊……

小马哥：

要是多一些像我是法医和刀剑魂魄这样的既是业务精英、文笔又非常好的人就太好了 。

月映天涯：

没有经历失败的人生是不完美的，失败并不可怕，关键是要从失败中了解自我提高自我。

心
障

141

我是法医

水・乳

143

1

我合上了资料，闭上眼睛在椅子上伸直了身体，回想起我了解的一切。这一切都太戏剧化了，我不由得想起了好莱坞的大片，然而当时发生的一切比起一部好莱坞的大片肯定有过之而无不及。

水
乳

　　那是一个星期五。两个蒙面劫匪打劫了省会的一家银行，带着大量现金慌忙跑进早已准备好的车辆，想溜之大吉。机智的银行职员通知了警方，一部部警车紧急出动，在高速公路上展开了一场追逐赛。这伙亡命之徒车开得很快，警车也紧追不放，而且，他们通知了前方的警察，在下一个收费站，等待他们的将是伸缩路障。

　　那是一种让车辆迫停的装置。它可以伸缩，以适应不同路面的宽窄，朝上的一面则布满了尖锐的钢钉，碾过它你可以想象一下后果。

　　但是悍匪没有停下车辆，反而歪歪斜斜地向高速公路出口逃去。这时候总指挥果断下令，击毙悍匪，不能让他们逃进下一个城市！

　　我想当时一定是子弹横飞的场面：警方一共射出了三十余枚子弹，而悍匪们也至少还击了七八枪，结果是悍匪被在快车道并行的警车射出的子弹当场击毙，警方则无一伤亡！

　　如果不是想收集弹道数据，我都不耐烦给他们做详细的解剖，我得出的唯一结论是——死有余辜！

　　但是，有一点肯定是好莱坞的大片不会有的：一名在现场附近的出租车乘客被不幸击中了，马上被送进了附近的医院抢救。他甚至和被追逐的车辆不在同一个方向：他们已经下了高速公路，在右侧的出口附近，到底是谁的子弹击中了他，又是怎么击中的？

145

石芭:

佩服法医。还原事实比什么都重要。
看了这几集枪火,感觉跟看CSI一样,很投入,甚至有些紧张。

好看好看:

结局让人不爽,但现实就是这么……

肥涛:

我也是一名警察。从警十年中执行过无数次抓捕任务,从来没拿过枪。最多就是拿副手铐,多数时候只有束缚带。用我们队长的话说就是:今天抓不到疑犯,明天可以再抓,用枪出了事一辈子可就完了。

这里有一个真实的例子,巡警有个同事在制止一起打架斗殴中,因为参与斗殴的人数较多,于是朝天鸣枪示警,谁知道刚好旁边七楼上有个居民在阳台上看热闹,结果子弹打在阳台的天花上再反弹回来,这个倒霉蛋被一枪毙命。后来这个巡警被辞退了。真是教训啊。

至于使用束缚带而不是手铐,是怕手铐会磨破疑犯的手腕。如果疑犯最后被排除嫌疑放出去,极有可能会投诉我们的,那也是一件很头疼的事。大家知道什么是束缚带吗?就是一条有倒扣的塑料带,IT人常用它来捆电缆、网线之类的东西。

zeway2005:

为了社会的安宁,你们辛苦了
向警察致敬!
每件事都有两面性,但不能从一个极端走到另外一个极端,怎么在中间找到平衡,才是重要的。

水孔

被击中的小伙子被送进了铁匠的那家医院。局里要求医院尽一切可能不惜代价抢救这个小伙子，我也给铁匠打了电话，麻烦他亲自接手这个病人。听说小伙子被子弹击中了肺部，马上就要动手术，那么现在还轮不到我出场，于是我赶到了枪击现场，想看看能不能理出一点头绪来。

看到高速公路出口附近的环境我就知道为什么选择在这里击毙悍匪了：这里是一个开阔地段，高速公路在高架桥上，比地面高出十多米，周围各个方向的出口绕成一个个美丽的弧形，整个出口占地好几平方公里。四周的绿化也搞得不错，到处是草皮、树木。

悍匪到底开了多少枪一时是难以精确确定的：他们可没有配发子弹，而且被击毙了。好在从方向上分析多半是警方的枪支：按行车方向警方是往右边开枪的，劫匪的子弹反跳一百八十度的可能性不大。警方开了多少枪是一清二楚的，把配发的子弹减去缴回的子弹就可以了：三十二发。在劫匪的汽车和身上有一共有十九枚子弹，现场又找到了五枚，还有八枚不知去向，只知道这八枚中至少有三枚是跳弹，地面上反跳了二枚，护栏上一枚，都留下了深深的跳弹痕，但是跳到哪儿去了一时也找不到。

147

一看到这个场面我就开始犯嘀咕了：八枚不知去向的子弹！这么大的地方，运动中开枪，众多的树木、广告等遮碍物，怎么找子弹头啊？天知道它们会往哪个方向飞：理论上哪怕是柔软的水面、泥地，只要入射角度够小，也是可以跳弹的，回想一下小时候拿着石头"打水漂"你就知道了。

果不其然，几十个人忙乎了一个白天，这八枚不知去向的子弹还是不见踪影，金属探测仪找到的破铜烂铁倒是有十几斤了。虽然领导下了死命令一定要找到每一个弹头，我可没什么信心了。

于是我只好又去麻烦铁匠，好在我早已通知了他，请他把手术过程录了像。

网友评论选登

石邑：

我晕，现场那么混乱，近四十发子弹，还是在高速行驶中，可见收集弹道数据并不容易。
可以理解对警察开枪的严格要求，因为确实太容易伤及无辜。

江夏郡：

希望那个出租车司机无性命之忧。
当时向抢匪开枪是最好的选择吗？毕竟是在高速公路上哪。
还有比起福尔摩斯我更喜欢阿加沙.克里斯蒂。特别是她笔下的比利时小胡子侦探波罗。睿智，幽默，富有同情心，还有点固执。比起只有吸毒这个不良嗜好的福尔摩斯而言，更有人的味道。福尔摩斯更接近于神。

肥涛：

我也给大家讲一个真实的案例。

某年某月的某一天，隔壁市发生一起持枪袭警案。交警在设卡查车，当检查到一辆吉普车时，车上一名男子突然拔枪向一个交警连开两枪，交警倒地后该男子又下车在他背上补了一枪，随即上车扬长而去。一切发生在电光火石的一瞬间，周围的交警和群众目瞪口呆，没有做出任何反应。

第二天，经警察调查，发现该男子是一个大毒枭，现在藏匿在我市的某四星级酒店内。消息一经证实，大批刑警、巡警、特警、交警、消防云集酒店，总之你能想到的警种差不多都来了，既有我市的，也有邻市的。大家怀着满腔悲愤，一定要把这个伤害自己同胞的家伙绳之于法。

警力还没有展开，意外就发生了。毒枭乘电梯下来了，还没出电梯口就嗅觉到情况不对。（说明一下，当时酒店外没有停泊任何警车，酒店大堂内只有便衣的特警，这个家伙是从多年和警方对抗的过程中培养了极高的警惕性，否则也不会在交警查车时就开枪了。）于是想拔枪反抗。酒店大堂里的特警抢先向电梯里的毒枭射击。结果可想而知，毒枭和他的一个同伙被当场击毙，电梯里的一个群众也身中两枪，好在抢救后保住了命。

我当时只负责外围警戒，里面的情形是听其他同事说的。如果让这个毒枭拔枪成功的话，电梯里的群众很可能会被他挟持做人质，那估计就小命难保。更何况大堂里有很多群众，枪战起来后果不堪设想。

受伤群众的家属后来到处上访告状，说警方草菅人命，不顾群众安危，一直闹到省厅，赔了很多钱才平息了下去。对于一个警察，开枪与不开枪是一个两难的选择。在那一瞬间，他只能凭自己平时的训练和当时的情况做出判断，后果是事前无法假设的。任何马后炮式的评论，我个人认为都毫无意义！

dormouse：

我也觉得应该理解和支持警方，他们在枪战时也是冒着生命危险的。警民应该互相信任和配合，市民也该被教会在警匪枪战时，如何保护自己。有个想法，警察为什么不多训练些狙击手呢？

月光：

想不清那些人要这么多钱做什么？想舒服自己给自己一枪就好了。还要抢钱，没有罪犯就不会有警察误伤了。

149

3

　　找到铁匠的时候，他正在护士办公室里说着什么，手舞足蹈的，音调挺高；我还以为是哪位护士没有忠实地执行他的医嘱或者什么的，听了半天才明白，原来是小伙子做了手术，急需用血，而血站没有那种血型了：铁匠正在把他对血站的所有牢骚向护士长倾诉。

　　"平常一叫血，一个电话他们马上来了！别人的血是捐献的，他们纯赚，跑得比兔子还快！现在一个少见血型，一句话：没有！这不是跟我冲在前线，后方不给我子弹一样吗！"

　　"砰！"话说着说着，铁匠的拳头落在了办公桌上，我赶紧去看看桌子：还好，茶杯盖子掉了一个，桌子没什么事。说老实话，我对铁匠的拳头倒是不怎么担心的。

　　我赶紧走到重症监护室看了看小伙子，听说他是医疗器械公司的推销员，昨天到省会跑业务去了，没想到赶上这么件倒霉的事。此刻他正躺在病床上，病床的床头摇得很高，他面色苍白，两只眼睛紧紧闭着，胸前一根粗大的硅胶管连着床头的水封瓶，水封瓶不时冒着气泡——看来他呼吸还行，失血的确很严重。墙上挂满了纸鹤，在病床边紧握着他的手的想必就是千纸鹤的作者——他的女朋友了，昨晚一定是一夜没合眼，就在折这些纸鹤吧？另外一个坐在旁边的肯定是他母亲，现在正在拿着手绢擦眼泪。

我前脚到，后脚铁匠就跟了进来。他一边跟我解释病情一边发牢骚，原来昨天手术发现子弹从肩胛骨射进去，打伤了左肺上叶，于是医院马上让胸外的医生上台，好在早就估计到了这种可能，他们就在手术室等着。手术当中发现胸腔积血一千多毫升，只好当机立断切除了左肺上叶，这不，小伙子的胸前还挂着闭式引流管吗？人的肺和胸壁之间有一个潜在的腔隙，叫胸膜腔，胸外手术一打开这个腔就必须插一根只出气不进气的管子，把空气排出来，否则胸壁做呼吸运动，肺不会跟着动。急诊手术，术前是没有备血的，手术当中一查：ABRH 阴性！血库根本没有这种血，省血站也没有，铁匠这可傻了眼了！

我知道那些低分子右旋糖酐之类的血浆代用品不能解决根本问题，当然这事也不能怪血站，这种血型本来就难以采集到，采集到了也有期限的。铁匠和我都皱起了眉头。看着小伙子的尿袋，二十四小时还不到一百毫升，再这样下去小伙子会由于低血容量性休克诱发肾衰竭的！

网友评论选登

zeway2005：

这个世界很精彩，这个世界很无奈。
地球很危险，
有时候牺牲是必要的。

我是 fans：

我是群众，我的第一个想法就是，赶上这样的事情，只能说是命中注定有此一劫了……警察叔叔不容易……我是不是英雄本色看多了？

水

乳

151

月光：

哈哈。我决定以后穿防弹衣上街，哈哈……

麦兜瓜：

楼上的好幽默了，这种情形毕竟是少的吧。楼上的楼上，俺特同意你的想法。

4

水
乳

　　这件事可不是闹着玩的，要是还找不到血的话小伙子就性命难保了！我甚至来不及看看取出的子弹就马上给局长挂了电话：局长问我这种血型到底有多少，我回答了一个数字：万分之三。

　　我可没有夸大事实：小伙子的血型的确属于稀有血型：本来ＡＢ型血型就不多，仅占人群百分之三左右，而Ｒh阴性血型只有千分之二到千分之三，因此ＡＢＲh阴性血型一万个人里面也找不出三个。这也就是说随便找几个人来一点用也没有，只能是大范围地号召献血了。

　　于是领导很快就决定下来：首先是公安、消防、武警范围内大规模号召验血，同时请媒体帮忙，在各广播电台播放消息，电视台也很快插播了紧急求助信息。

　　还真别小瞧了现代媒体的力量，很快就有人来要求验血了。第一个赶到的是听见广播的的哥，他居然带着乘客就过来了；然后陆陆续续又有人来，最让人感动的是来了一个大肚子的孕妇，虽然她一再声称自己就是ＡＢＲh阴性血型，大家还是打了的士把她送了回去。等警队在政治处的带领下赶到的时候要求献血的人居然排成了长龙，于是也不分什么警啊、民啊的就混在一起排队，几个原本认识的人亲兄弟一样聊着什么，开朗的笑声似乎马上就赶走了眼前的阴霾。

　　这水乳交融的情形显然感动了医院，医院决定派以检验科主任为首的一队人马专门来化验血型；他们决定为所有来义务验血的人免费提供盒饭，不过大多数人留下个电话一声不吭就走了；甚至不少医护人员也加入了验血的队伍，铁匠就是其中之一，他说声当了这么多年外科医师还不知道自己的血型是什么就下楼了，我敢担保他在滥用职权：从他没三分钟就回来的情况看，他压根就没排队。

我献过血，知道自己是帮不上什么忙了，于是赶紧乘这当口让铁匠把他取出来的子弹拿了过来，这下我的心里就基本有底了，但是我还不放心，又去看了小伙子的伤口情况，还到病理科看了看切除的左肺上叶，这几项一结合，我敢斩钉截铁地说：是跳弹！

我是这么作出判断的：首先是子弹的入口不止一个，除了主入口外还有几颗碎弹片的小射入口：这是子弹和硬物剧烈撞击后碎裂造成的（破碎的弹片也射入了人体）；第二是最大射入口呈"T"字形，而不是通常的圆洞。这说明子弹在射入人体之前早就因为剧烈的摩擦失去了沿自身长轴的旋转和稳定（这就是膛线的作用：让子弹旋转着前进，这样更稳定，这下人们该明白为什么射的箭后面有羽毛了吧？一个道理），几乎是横着射入人体的；第三是跳弹弹道和直接射入完全不一样，直接射入人体的子弹给人体带来最大损伤的并不是子弹本身，而是子弹带来的冲击波——它甚至能让周围十厘米的组织变成碎渣（美制M.16弹头很轻，但是弹速奇大，从背后射入能把全部腹腔脏器从前面推出来，我认为那是最不人道的枪支！），而跳弹则明显不一样，能量在碰撞中丧失了绝大部分，它所造成的弹道更像是锐器的刺伤，非常有限；最后就是弹头：最大的一块弹芯不单是有刀魂剑魄提到的纵向平行排列的摩擦痕，中央赫然就有一块镶嵌得很紧的水泥！

昨天看了出租车我就知道，子弹一定是从打开的窗户射进去，擦着座椅射进小伙子的身体的。这一下，子弹是怎么飞来的也一清二楚了！

剩下的唯一的问题就是，小伙子能保住性命吗？

网友评论选登

水
乳

月亮 1874：

关注这个故事中……

看到你的记录，很感动，这个世界上总有一些人善良而坚强地活着，即便每天面对的都是悲伤。而你就是其中之一。

由衷地敬佩你，一是为你上帝一般的心灵，一是为你天使一般的敬业。

我会好好向你学习，若是你有天发现有人把你的故事拍成了小短片，我希望那就是我。

深蓝一米：

难逃一劫时，宁愿让警察误伤，也不让匪徒向自己开枪！

风：

寻找真相的过程，有时的确很不容易，那些不幸的人能遇到楼主又是多么的幸运呀 ~~致敬 ~~!

林黛缺玉：

法医的文章我一直在看，越写越好了。虽说故事本身就有得写，可是写作技术也见长啊。看完一个系列就回家讲给孩子听，虽然浮光掠影还掐头去尾了，还是很精彩，孩子的评价是：柯南啊。看看，有这么多的粉丝在期待你，继续努力！加油加油！

155

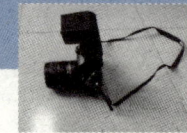

5

　　我的思维习惯绝不相信任何偶然性,辩证法告诉我任何偶然的东西背后都存在着必然性。但是这一次我真的只能认为是太巧合了:当天下午就找到了血型符合的人,而且一下就是两个:一个是参军不久的武警战士,另外一个居然是铁匠。检验科的主任一连把血样做了好几遍,我觉得他在报告结果的时候声音都发着颤,厚厚的眼镜下面似乎还闪动着什么。

　　于是铁匠在科室同志自发地列队送行下楼去采血,大家都恭喜他中了大奖,因为这种血型实在是太少见了,他嘿嘿地笑着走出楼层,一边向大家拱手告饶。

　　大家都认为这会是一个皆大欢喜的结局,没想到后来居然发生了一点不愉快,事情是这样的:小伙子失血很多,医院决定采血一千二百毫升,而这两个献血的小伙子都认为自己应该献血八百毫升,另外一个只能献四百毫升,两个人居然闹得快打起来了。

　　我认为这件事是铁匠的不对,虽然他跟我的交情不浅了,我还是不能护他的短。他跟那个武警小战士争执的时候首先是秀了一把他的肱二头肌,然后竟然拿手指点着小战士的胸膛,以讥笑的口吻说:"你多大?十七?毛还没长齐吧?"小伙子哪受得了这个?向后一步退开,就拉开了架式准备和铁匠干一仗。

　　我准备站到两个人中间，去化解这场完全没有必要的纠纷；谁知还没等我挪开步子，旁边小护士的娇叱和倒竖的柳眉起了作用，两个像斗牛一样很有点精力过剩的小伙子马上都乖乖地躺到了病床上，我举双手赞成美丽的护士小姐的英明决策：两个人各取六百。直到今天，我一想到这位小护士最后成为了铁匠的妻子，我就肚子痛，而且很痛。

　　输进小伙子身体的鲜血很快就起到了神奇的作用：小伙子的身体一天好似一天，第七天的时候他甚至开始做广播体操了。这时候传来了另外一个好消息，最后一个弹头也找到了，真的很佩服一位老刑警的眼力——他居然隔着将近一百米发现一颗树的树枝不对劲，于是在这棵树上找到了最后一个弹头，然后大家根据射击方向判断出来只有打在护栏上的那颗跳弹才是罪魁祸首，当然，这个时候找到的破铜烂铁拉了两三轮车才全部运完。

　　很快，小伙子要出院了，于是另外一件事情肯定要提到议事日程了：对小伙子的赔偿问题。法制办的政工干部接受了这个烫手的山芋，带着一些慰问品来看小伙子。寒暄了一大圈终于提到正题，没想到小伙子哈哈一笑，说道："我从小就想当警察，现在身体里面流着警察的血，还赔什么？"

　　政工干部一脸愕然，但突然，一下子我就想通了，小伙子能顺利康复其实不是一个简单的事件，他承受了太多的关爱：社会的、医院的、新闻媒体的、女友的、母亲的……

　　这么多的关爱承载在一个人的身上，你说他能不康复吗？他又能不用爱回报这个世界吗？

孔雀蓝：

可爱的铁匠！

zeway2005：

感动于社会各界人士的踊跃义务献血，
这种强大的力量才能让那位小伙子挺过来。

yuer6677：

请问一下，到底有多少种血型哦？ AB 和 ABRh 有关系吗？体检上面好像一般都是 A,B,AB 呀这些，是我们给的钱不够,医院没做进一步的分析还是怎么回事呢？奇怪都没有后缀的呢！

我是法医：

ABO血型和RH血型是不同的分类方法。好比我们可以把人分为男人、女人，也可以分为小孩、大人、老人一样。平时检测可以只检测一种血型系统,但是输血、献血时必须全部一样才可以的。

画画的猫：

如果真是警察误伤的，警察是否会受罚呢？

浣花洗剑：

你的讲述让人很感动。真的！
楼主曾说,对要讲述出来的经历总是有所选择,希望能让人们看到正义、善良与光明。
是的，那种人性的光辉，是最打动并温暖着你我他的了。我想，我们终究还是热爱和追随美好的。

混　战

1

　　天气并不热，他却不停地擦着汗。我看见他的嘴不停地动，却一点也听不见他在说什么，只觉得他左嘴角上方的那颗痣很是显眼：上面长满了黑色的毛，这让我很恶心。

　　他可是有头有脸的人物，在本地商会任了一个什么职务，以前就见过他，一次和朋友喝酒时他过来串场子，他的酒量可是让我留下了深刻的印象——他打了一个"全球通"，意思是陪左手边第一个人喝一杯，第二个人喝两杯⋯依此类推，要知道一桌连他一共十个人，而且那天是白酒！数学家高斯小时候的故事告诉我他一共喝了四十五杯，那是四瓶多！坐在他右手边的那位显然被他放倒了，他却摇摇晃晃地赶下一个场子去了。

　　当时我就不喜欢他。但是他的家具厂规模真不小，崭新的二层楼厂房，单层面积就在数千平米！二楼的一角就是职工宿舍，我不禁皱起了眉头，这厂房、仓库、宿舍都在一块的格局肯定违反消防法规，消防队的哥们难道没管他？

　　"整改通知早就到了，还没来得及，还没来得及⋯⋯"他嘴角的痣又在令人恶心地抖动着。

　　没事我可不想参观他的工厂，那和我一点关系也没有。前两天他工厂的十多个职工到附近的一个正在施工的家具厂闹事，好几十人斗殴，还动用了私制枪支，结果是一死五伤，没死的没伤的（包括轻伤的）一大堆人正在公安局关着呢！

　　"群众自发的，群众自发的⋯⋯"他的痣又抖动了几下。

　　把我当白痴啊！

161

2

　　几天前发生的事情绝对是一场混战。这个工厂的十几个工人拿着砍刀、棍棒等凶器，气势汹汹地跑到还没建起来的家具厂工地，准备好好教训一下对方。谁知对方也不是善主：等待他们的是私制枪支。一阵硝烟之后，来打人的人四处逃命，反倒成了被追杀的人。

　　这些鉴定不难做。你看那一位，右半边身子被打进了七十多颗铁砂，那是鸟铳打的，手术之后还有三十多颗没取出来，我想他一辈子也忘不了这一枪了吧。还有一位，看上去只有一个小小的创口，但是胳膊肘动不了，那是钢珠枪打的，钢珠钻进他的肘关节了。据说医生为了取这颗钢珠花了一晚上，肘关节的软骨很滑，钢珠也很滑，看见了就是取不出来。我对臂丛神经阻滞麻醉能持续多长时间不太关心（据说他惨叫了一晚上），对医生要在 X 光下暴露一晚上倒是比较担心——如果因为这个人生个畸形的儿子可就太不划算了。还有一位虎口破裂的，那可不是被别人打的——他自己拿的枪枪管爆炸了。这些乱七八糟的事我可记不了那么久，这些人长什么样我早就忘记啦。

　　令我难以忘怀的是参加斗殴的一对兄弟。我可以想象懦弱的弟弟是如何犹豫着不想参加这次斗殴，而刚烈的大哥又是如何用上阵亲兄弟激将弟弟，又用从老板那里拿来的安家费可以在贵州老家盖一栋多么漂亮的房子鼓舞着他。但是一遇到枪响，身边的几个人血淋淋地倒下了，除了逃，他们还能做什么呢？

当哥哥跑了一段，发现身边已经没有了弟弟的身影，绕道跑回去的时候，弟弟已经静静地躺在路旁的小河里了。哥哥发了疯一样从弟弟的嘴里掏出泥巴，发了狂一样捶打弟弟的胸膛，可弟弟什么反应也没有了。

我可以想象当哥哥拿着手中的钢刀，又一次冲进对方阵营的时候，他的双眼一定是血红的。对方正在欢庆胜利，哪想到会有人杀个回马枪？给枪装火药可不是一时半会的事，可来的人真是叫势如疯虎——他先是一刀砍在了一个家伙的头上，他的刀在这家伙的颅骨上崩缺了一块，解剖的时候我才取出来，这个碎钢片和钢刀的缺口严丝合缝，那可真叫铁证如山啊。下一刀他砍在了对方的肩膀上，想必他还是想砍头的，不过看来这家伙躲得比较快，留下了一条小命。

哥哥不知道的是，同乡把他的弟弟送到了医院，弟弟的心跳恢复了。

混战

网友留言选登

石岜：

法医，做人要厚道。
你的故事越来越精彩了，让大家天天追着看，真不厚道。

马兰花开：

法医把一场混战描述得很精彩。
看着看着，我忽想：哥哥杀回马枪时那么狠，如果时空能够转换就好了，把他投放在三四十年代的抗日战场上，绝对大有用武之地。惜乎，现在的人把这种狠，全用在了和自己人斗殴上。

163

哥哥在警察到来后放下屠刀，锒铛入狱。而弟弟此刻正躺在医院，前途未卜——他的心跳恢复了，但是呼吸一直靠呼吸机维持，对外界也没有任何反应。

一周之后，这对兄弟的父母终于从偏远的贵州山区赶来，身上皱巴巴的票子加起来不到五十元：三十七元八角二分是他们赶来后所有的财产。

但是他们面对的却是天文数字的医院账单。老板在这个时候一分钱也不肯出，他也知道这是个无底洞。于是这对可怜的父母一来到这个陌生的城市，面临的第一个选择就是，是不是放弃对儿子的抢救。

我分明看见母亲签字放弃抢救的手在颤抖。

我分明听见母亲怀念亡儿的哭泣凄婉如歌。

是夜，母亲的哭声在医院太平间昏暗的灯光下持续了整宿，直到次日被抬去抢救。

是夜，星月无光，似乎苍天也不忍面对这样的人间惨剧。

寻找弟弟的死因成为了我的主要任务。我生怕在他的板寸下面还埋藏了无言的证据，亲手给他剃了一个光头；为了排除有人掐颈，我检查了他颈部的每一块肌肉。没有，没有丝毫证据说明他曾受人袭击。相反，我在显微镜下发现他的肺内充满了大量的水生植物，这无可辩驳地说明他在生前曾经落水；而且，他的脑部大脑、小脑、脑干都出现了坏死的证据，这说明在呼吸机拔管以前他就脑死亡了。

我无可奈何地在他的死因一栏写下"溺水"！因为，我必须对事实负责！

换句话说，没有任何人和他的死亡有直接因果联系，没有人将会为他的死亡负刑事责任，除非，有人站出来指控老板其实是这件事情的主谋。

我以为哥哥会毫不犹豫地这么做，弟弟的死总要有人负责吧？

但是，他在年迈的父母无人赡养的情况下接受了最现实的安排：接受老板给弟弟的"抚恤金"，承认自己是主谋。

我出离愤怒了。

混战

网友留言选登

老咪：

每天看这样的人间惨剧新闻，努力不动感情，怕自己支持不住。但看到这篇还是心如刀绞。喜欢你的文笔和第一手的资料，比其他社会新闻的可信度要高很多。更喜欢你在看到那么多底层悲剧还能保持的赤子之心和阳光向上的态度！

幽垠祭侍：

这不是愤怒，是悲哀。
天地不仁，以万物为刍狗；
圣人不仁，以百姓为刍狗。

空空：

如果是我的话，我肯定也会承认是自己干的。
否则，年迈的父母怎么办？
这个社会就是这样的，充满了无奈。

165

我是法医

有惊无险

167

1

　　昨天晚上打开电子邮箱，收到一封题目是《法医，急》的独特求助。首先求助人就够独特的了，他是一位新闻工作者；而求助的内容就更独特了，他们有一个稿子涉及一件很奇怪的事情——一个精神病人外出十个月回家后，腹部多了一道疤痕，家人怀疑其肝脏被人窃取。目前，CT 有两种不同结果。他们和家属一样，疑惑很多，希望能咨询一下有关的法医学知识。

　　真的很独特。收到过不少新闻工作者的来信，一般要么是要采访我，要么是要采用我的博客内容，而来自新闻工作者的求助还是第一次。

　　而求助的内容就更独特了：窃取肝脏！如果当事人家属的怀疑是真的，这可不是一件小事，绝不会有人窃取肝脏仅仅是为了自娱自乐，这让人最直接的联想就是供移植使用。从当事人事后仍然存活的事实来看，这不是一个人可以就能完成的任务：首先必须有高明的手术医生，然后必须要有麻醉、护理人员及一大堆相关设备，然后是必须有完善的供销渠道——肝脏可不是每个人都需要，而组织配型成功更是一件可遇不可求的事情。

　　从当事人腹部有手术疤痕，而且做了两次 CT 看，家属的怀疑并非完全没有证据。

169

2

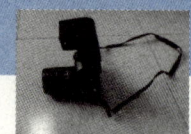

　　我的兴趣一下就来了。

　　我很快了解到事情的大致经过：一位精神失常的男性走失，大约十个月后家人找到了他，却意外地发现他的肚子上多了一道手术疤痕，大约十厘米长，在右上腹部。带着巨大的疑问家人给他做了一个B超，而B超医生的说法对大家无异于一个晴空霹雳：未见左半肝，建议CT复查。

　　着急的家人带着他一下子做了两次CT，一次说未见左半肝，一次说左半肝显影不良。家人可是懵了：这左半肝到底是在还是不在啊？也管不了三七二十一，先报了案再说。

　　记者发现了这条消息，要是真的是左半肝不见了，这个新闻绝对轰动，值得一个整版，说不定还是头版头条，但是编辑出于新闻工作者负责任的态度，决定核实一下这个消息。

　　巧合的是，他找到了我。

　　更巧的是，我对任何悬疑的案件都感兴趣。

　　了解到这些情况并核实了CT报告后：我向编辑做出了以下回复：一、两份CT报告并无矛盾，未见左半肝和左半肝显影不良没有实质性差别。二、B超和CT未见左半肝尚不足以证实肝脏一定就是被切除了，很多其他的情况也会出现未见左半肝，比如说先天性发育不良，以及肝脏疾病诸如胆结石之类导致的肝脏萎缩。三、要想证实肝脏是不是被切除了，最佳方案是做腹腔镜检查：在肚脐处打一个零点五厘米的小洞就可以直接看到肝脏，而术后只需要一个创可贴就可以了。四、我需要看一下腹部手术切口的照片。

大约三分钟后我看到了照片，看完照片我又向编辑做出了这样的解释：一、手术切口只有五厘米左右，没有十厘米那么长，因为比较一下就知道了，切口的长度只有三根指头那么宽。二、切口的位置离肝脏的位置肋缘下（肚子和肋骨交界的地方）还有五厘米以上的距离，无论是从切口的长度还是位置看，外科医生几乎不可能这样完成一个肝叶切除手术。三、我宁可相信当事人曾经因为肠道疾病被人救治过，哈哈。

编辑向我竖了一下大拇指，就去忙他的稿件去了。

下面就是这个新闻的题目了：《他的左肝有没有人动过？》。

顺手解决了一个小问题，我可不会因为这个"案件"原来并不是一个案件而有半点的失望，因为，对我来说，没有任何案件需要我的出现才是我最大的期望。

对了，不知道有没有人知道这件事情，证实我的判断呢？

有惊无险

171

我是法医

烈　焰

173

1

　　这栋三层楼的房子地面上的积水还没有退尽,水面上漂浮着大量没有燃尽的木片、杂物。我已经感受不到大火肆虐时炙热的温度,相反,我感受到的是从皮鞋鞋底和鞋面之间沁进来的阵阵凉意。

　　我该穿长筒胶鞋来的,我在想。

　　一滴冰凉的液体又滴落在了我裸露的后颈,用手一摸,原来是楼上的天花板还在滴水。

我不禁举目四望这个大火刚刚熄灭还不到两小时的火灾现场,一楼的楼梯间肯定就是火灾起始的地方——那里所有的杂物都已经烧得只剩下灰烬了,而一个已经完全变形的电线插座,无疑就是火源了。

大火带着浓烟曾经在这里疯狂地肆虐过,它们在白色的墙面上留下了经过的痕迹,火舌掠过的弧线是如此的优美,以至于我宁可相信它是一幅出自名家之手的印象派绘画,而不愿相信那是火魔曾经带着狞笑从那里呼啸而过的印迹。

我已经知道了这场火灾的后果:幸好火灾发生的时候只有两户人家在房间里,其中一个房间住的是三位一起在外租房的女大学生,她们无一幸免全部遇难;而另外一家,居然是一位卧病不起的母亲和一个不到十岁的小女孩,她们奇迹般地得以生还了。

楼梯的扶手已经全部碳化了,我不敢再把它们作为依靠,但是我仍然可以拾级而上,去探访那发生在两小时之前的令人动容的故事。

烈
焰

网友评论选登

圆圆 eulb:

第一次留言
发现法医大哥很喜欢用倒叙、蒙太奇的叙事手法,哈哈

食客猪:

晕倒!
马上就要毕业出去租房子了,看了这个开头忽然意识到找房子的时候一定要注意消防设施是否到位!
人命啊,有时候真的是太脆弱了!

第一次在这里留言,撒花纪念!
法医加油!!!

我知道，当烈焰和浓烟腾空而起，将城市的夜空映成一片血红的时候，时针应该指向的是凌晨五点。

而现在，当我站在三楼的楼梯口，南北走向廊道左边是逃生天母女的住所，右边是不幸遇难的三姐妹的房间，时针仅仅走动了两格。

我的脚步停留在这生与死、悲与欢、天堂和地狱的分界，踟蹰了片刻，似乎在感悟着什么，又似乎是在考虑应该先去直面人间的悲剧，还是应该先去分享生命的欢乐。

片刻之后，我决定服从自己的职业本能，脚步缓缓地迈向了右侧。

从已经被消防员卸下的防盗门、满墙漆黑的烟尘、几乎荡然无存的家具以及尸体摆放的位置，我不难推测出发生了什么。一时间，我又迷失了时空，似乎回到了两个小时之前的那场浩劫。

三姐妹是被灌进房间的浓烟呛醒的。最先起来的应该是修长的老大吧，她叫醒了同房好友，决定打开房门看看，到底发生了什么。

她不知道，她打开的是地狱之门。烈焰在门外已经造成了极高的温度，室内外巨大的温差造成的强烈空气对流穿过拉闸门，如同一次小型的爆炸，将她远远地撞向了门对面的墙上。大火夺去了她呼吸所需要的氧气，临死之前她唯一来得及做的动作是紧紧闭起了双眼（于是除了双眼鱼尾纹处，她的面部已经被全部烧焦）。

小巧的老三想必和老大情同手足吧，巨大的冲击波想必也曾把她震倒，但是她坚强地爬了起来，试图去挽救姐妹的生命。

但此时，打开的房门和窗户形成了火苗天然的烟囱，烈焰从整个房间呼啸而过，她倒在了救助同伴的路上，伸出的右手，仍然指向姐妹的方向。

老二显然被这情形吓坏了，她尖叫着逃向了阳台，但火舌立刻尾随而至，高温的烘烤下铝合金门窗的玻璃噼里啪啦地碎裂了，她选择了从阳台跳下。

但空中的一根伸出的树枝扰乱了她落地的方向，她的后脑重重地砸在了水泥井盖上，我知道，此刻她已经不治。

我无法嘲笑她们本能的反应，虽然我知道她们的反应是几近愚蠢的；我也几乎可以不假思索地判断出老大和老三都是生前烧死，并没有罪恶的存在。但是，我仍然想嘲笑那些自作聪明的罪犯：杀人之后焚尸灭迹的手段早在三国时期县令张举的手上就不再是悬案，而时光荏苒，科学水平发展到今天，显微镜下的"热呼吸道综合征"是任你有神鬼之能也无法伪造的。（说穿了其实是这么回事，火焰会把呼吸道平常就有的纤毛燎倒，而高温又会让肺泡内的水肿液汽化。）

但愚蠢的犯罪分子却一再重复着昨天的故事，我想说，稍有经验的法医就会让你无所遁形的。

烈
焰

网友评论选登

妖妖：

遇到这样的情况，正确的方法是怎样逃生呢？
看过火警的演习.

177

可是实际生活中还是会手忙脚乱啊，
等待下文。

无心万物：

封闭的楼道，谁家开门，谁家就是拔火筒。堆积的热量会从突然出现的气流通道灌进房间。对流带来更多的空气，火也会越烧越猛。

引燃的物品中，难免会有电表、自行车等塑料、橡胶制品，烟里夹杂了很多有毒物质。

"室内外巨大的温度差所造成的强烈空气对流穿过拉闸门，如同一次小型的爆炸，将她远远地撞向了门对面的墙上。"这样一抛，再强壮的人也受不了，何况还有毒烟配合。

热浪对气管的伤害，可以在日常生活中有所体会。例如，端着热腾腾的米饭，深吸一口气，马上就知道是什么滋味喽。火都成灾的时候，温度很高，能够瞬间窒息到致命。

多点常识好啊，加上点冷静，某些意外就能避免。

不会飞的：

三姐妹的情况，很明显就是"抢火"，非常危险，不能开门，突然的氧气会使里面的大火冲出来。

应该通过门的温度知道外面正发生火灾，然后尽可能堵住门缝等空隙，不让烟进来。然后在有水的情况下，打湿毛巾等类似的东西捂住鼻口，然后寻找救援。

这是我看《烈火雄心》系列剧学到的。

3

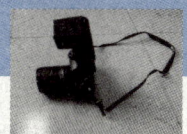

烈焰

走廊的左边，我并看到没有想象中的天堂，四处是烈焰席卷之后的痕迹，就连那扇阻隔了火魔的木门，上半部分也几乎完全碳化，用手轻轻一推，我的手就轻易地洞穿了那道死神不曾穿越的防线。

我打开了门锁，但是推开木门却比我想象中艰难得多：木门下面有一床已经完全被淋湿的被褥。

木门在吱吱呀呀声中打开，而当我看到房间内倒地的水桶、散乱的被褥、墙角的血手印，感觉着空气中尚未消逝的烟尘，我仿佛被时间的洪流狠狠地击中，它再一次把我送回了那两个小时之前的时空。

卧病的妈妈是被家里的狗儿小黄吵醒的，它动物的本能和灵敏的嗅觉给主人赢得了宝贵的几分钟。感觉到空气中似乎散发着烟尘的气味，妈妈赶紧喊醒了熟睡中的丫丫。

丫丫揉着眼睛，显然还不明白发生了什么，她朝着那扇门走去，想去看看门外到底发了什么。

丫丫的手已经触到了滚热的门把手，那种炽热突然唤醒了她熟睡的神经，她猛然想起曾经在杂志上看到的一切。

"妈妈，妈妈，起火了，门不能打开了！"丫丫着急地喊着。

卧病的妈妈试图挣扎起身，但是除了将被褥弄到了地上外，她的努力被证明是徒劳的。

丫丫去拨电话，但是电话线已经被烧断了。

这时的丫丫勃发出了捍卫家园的动物般的本能，这种本能给了她平常不可能达到的力量。她托起被褥就往门边走，将被褥堵在门口，然后将满满一桶水倒在了褥子上。

那桶水几乎和她的体重相当。

孩子的呼救声召集了左右邻居，勇敢的小伙子们拿着水桶脸盆就往火场里面冲，但是不到五分钟他们就被烈焰赶了回来。

"往下跳吧，伯伯们拿被子接着你！"底下焦急地喊着。

"妈妈不走，我不走！"孩子坚定地喊了回去。

面色已经苍白的妈妈不知从哪里爆发的力量，给了丫丫一个狠狠的耳光，这个耳光让丫丫一个趔趄，手也被铁桶划破了，但是她是从墙角撑了起来，甚至没有流一滴眼泪，只是恶狠狠地又提了一桶水，浇在门上。

她就蹲在门口，眼睛一眨也不眨地看着它，似乎这扇门随时都会不翼而飞。

终于，救火车带着警笛呼啸而至，但是一个意外发生了，最近的消防栓没有水。

地板的温度在慢慢地升高，孩子几乎站不住了，炽热的地板甚至让孩子幼嫩的脚板无法承受，浓烟也让她和妈妈不停地咳嗽着，但丫丫只是默默地拖来了一块毛巾，垫在脚下，眼睛仍然一眨也不眨地看着木门，手里不时地往门上浇着水。

终于，消防员从后窗破窗而入，几个大人架着妈妈和孩子逃离了火场……

我在居委会大妈的家里找到了丫丫，我觉得我有必要向她表达我的敬意。此刻的丫丫早已恢复了孩子的本来面目——两个经过灾难洗礼的羊角辫淘气地向上翘着，而大妈一边轻轻吹着气，一边帮她包扎着手上的伤口，丫丫正嘘嘘地呼痛，眼角还挂着晶莹的泪珠。

我一把抱过了可爱的孩子，想去亲亲她那粘满了烟尘、泪水、汗水和鲜血的小脸，没想到我的胡子扎着了丫丫幼嫩的小脸，她咯咯地笑着，躲避着我；我一时童心大起，用胡子追逐着她躲避的小脸，而小黄此刻也似乎知道它立了大功似的，围着我们撒欢。

　　"你会是一个有出息的人的。"我在心里说。

烈
焰

网友评论选登

Cici：

其实人的生活经验丰富了也会影响判断的，小孩子遇到的事情少，听到看到的事情印象深刻，联系联想都很直接，没有干扰因素。

紫眸：

丫丫真棒！！佩服佩服！！！
日常知识她懂得不少啊！
我就像遇难的三姐妹一样，不懂得火灾时不能开门的……
暴汗！！！
幸好在这学到了。

项苏：

看到她们母女情深让我想起了我的母亲。我很想她，很想，很想……希望能快点见到她……

181

其实法医这个职业，几乎每天都在强迫我去面对生命的消亡。

面对生命的消逝和家属的苦痛，以前的我经常感觉到的是无能为力。

但是现在，我有了这个博客，我应该感谢这个博客，是它让我能有机会把自己对生和死的体会讲出来。毕竟，作为一个法医，我知道其实很多时候只要的选择正确，生命是不必白白消逝的。

于是便萌生了写一个逃生经验公益性系列文章的念头，报纸上一个关于火灾的报道让我决定把《烈焰》作为这个系列的开头。

但是，这一次，老师并不是我，而是那个母亲卧病在床的小姑娘，是她的爱、她的知识、她的镇静让母女逃出了灾难，面对这样一个杰出的小姑娘，我感到的是莫名的惭愧。

我还得感谢我的网友无心万物，当我得知她有着和小姑娘极为相似的火灾逃生经历的时候，我打了她将近半个小时的电话，毕竟，有着亲身经历的人，会有很多东西是我们作为局外人无法体会的。

其实不知道是不是应该写这篇文字，毕竟，我不是消防专家。

但是还是决定写出来，如果有什么不对，大家批评指正就是了，那有什么要紧？我也是年轻人，学习就是了！哈哈！

所谓"圣人不治已病而治未病"，其实学习发生火灾的时候如何逃生，不如学习如何让火灾根本就不要发生。电器线路、明火、易燃物都是家庭火灾最常见的根源，平常咱就得小心一点，您说是不？万一真的是这些东西起火了，最重要的是切断电源，炒菜锅起火记得拿锅盖盖上就行，千万别用水泼。

真的起火了，要记住火场中最珍贵的东西绝对是人的生命，钱财乃身外之物，万万不可留恋。

一般都是听到什么响动或者是烟雾灌进来了才会知道起火了，开门前一定记得摸一下门，跟人家小姑娘学学啊。门不热，身上裹上湿被子之类的弯腰迅速通过火场，化纤衣服之类的一定不能穿，好多时候根本就是被自己的衣服给烧伤的，然后是拿湿毛巾捂住口鼻，记住，在火场中经常一氧化碳中毒死亡的比真正烧死的多。

　　如果真的情况很糟，门已经很热了，那也不要慌，小姑娘的政策咱们叫"火海孤岛"政策，无数次经验证实很管用。第一得把门窗封死了，以免烟尘灌进来，然后就是拿湿被子什么的堵在门上保持门的湿度，实验证实，做得好的话一扇木门就能把火堵在门外一小时以上，这段时间，

足够构建第二道防线了：卫生间或者厨房的门又能堵这么长时间不是？

　　不到万不得已，不要跳楼，实在没办法，先把被子之类的软东西往下丢，然后跳下去之前用手抓住栏杆什么的，将身体自然垂下来，这样能将落地的冲击减到最小。

　　当然，灾难面前没有百分之百的保命方法，只能说，越是冷静，逃生的机会就越大。

烈焰

183

台　风

1

　　渐浓的夜色一步步地蚕食着滨海的 L 市，以往第到这个时候都是海风渐起，阳光直射带给大地的热量会被这海风迅速地带走，让人觉得说不出的凉爽宜人。但是今天恰恰相反：空气无比的沉闷，就好像无论怎么用力呼吸，肺内的空气就是充不满一样让人觉得说不出的难受，天空中的乌云似乎变成了有质的实体，好像不一会就会重重地压到头上，就连大路两旁的树叶也似乎受了惊，忙乱不堪瑟瑟发抖。这一切都意味着：一场台风就要来临了 。

而L市似乎早就习惯了这样的场面：马路两旁的路灯由远而近有条不紊的依次点亮，路边酒店的霓虹灯也似乎在和路灯比赛一样，几乎在同时就闪亮了起来，似乎根本没意识到这个"阿"字少了右边的一竖，"为"字少了上面的一点。

夜色中已经渐渐地有了台风的身影，空气中的水分多得好像弹一个响指就会有水珠飞出。我站在七楼，看着楼下打着雨伞的人群急匆匆地赶着路，觉得这个真实的世界似乎离我很近，又似乎离我很远。

我知道，台风过后的一周我会忙碌起来。

台风

网友评论选登

平平：

"我知道，台风过后的一周我会忙碌起来。"
这句话是故事里的话还是现实中的话？
哈哈，还不知道这又是一个怎样的故事呢。
"就好像无论你怎么用力呼吸，肺内的空气就是充不满一样让人觉得说不出的难受"。充满职业特色的比喻。

水晶茶杯：

你通过自己的博客影响了很多人……很多人看了你的文章后估计会对法医这个行业有一个新的认识，对自己的人生观、社会观也会有所改变……敬佩……

白水：

台风没感受过，地震却体验过了N次.
希望我们都善待自然，自然也会善待我们！

187

昨夜的大雨已经不是瓢泼所能形容——简直就像老天在拿着水桶不停地往下倒。急风裹挟着雨水撞向地面后并不安身，它又带着豆大的雨滴斜飞向上，天上的地上的雨交织成一片，整个城市成了水的世界。

到了早上，风声、雨势已经明显减弱，但一点停止的意思也没有，城市低洼地段的积水不见减少，反而越来越多，门口铁路涵洞下熄火的轿车已经是第三辆了——急着赶路的司机们无可奈何地咒骂着，抽着闷烟。没积水的路段也往往被倒地的大树遮挡着，整个城市的交通几乎陷入了瘫痪。

这样的鬼天气，谁都想躲在家里，好在学校、机关都已发出紧急通知，大家停止上班，休息一天。

但是我必须出发了，近海的一个小岛出现了意外，急需医务人员、法医、救灾人员赶到现场。

此刻的我正坐在船上，向海岛进发。陆地上的风小了不少，可是一到海面，你才知道台风还没有走。底舱装着几十辆大卡车的海船这时候好像大海的一个小玩具，一时被海浪抛上，一时又重新跌落下来，从不晕船的我坐在摆渡的客车上也觉得恶心欲吐。

虽然外面还下着小雨，我决定还是出去走走。以我的经验，大宇车的承重弹簧在这个时候会把颠簸放大数倍，出去反而没那么难受。

　　果不其然，出去就好多了：虽然不抓着东西根本就站不稳，但是那种恶心欲吐的感觉没有了，冰冷的雨滴打在脸上反而让人觉得说不出的清爽，简直希望它多一点，好让晕船的感觉消失得无影无踪。

　　但是同车的几个女同胞早就受不了了，大家抢着卫生间，一个个吐得脸色惨白，有几个早就没东西可吐了，吐出来的根本就是胆汁，但是还在弯着腰，连去卫生间的时间都来不及，不停地接着吐。

　　除了给她们递一递矿泉水我什么也帮不了她们。

　　而身边的孩子们显然适应能力强得多，好几个面不改色，在风里雨里跳着蹦着，玩着游戏，冲上甲板的大浪对他们似乎根本不是威胁，而是一个游戏。

　　危险！一个大浪扑来，几乎要打到孩子的身上，我一把拖过孩子，虽然浪花还是把我们浇了一个透湿，但好在人没有被卷走，我看着孩子惊魂未定的小脸，暗自庆幸。

　　我知道，今天中午电视台已经告诉我们，这场台风在全省已经造成一百一十五人死亡，十六人失踪，直接经济损失一百五十三亿元。

台
风

网友评论选登

薇尔熙的月光：

又学到了……下次坐渡轮就知道要从汽车上下来。哈哈……期待下篇。

邮寄幸福：

新闻报道了这次台风，虽然离自己很远，《风急》却让我们体会了灾难的可怕，心情便有些沉重，一百一十五人死亡，十六人失踪，就在一场大风大雨之后。我想，死去的人应该不是不知道台风将袭的消息吧,大多数应该是客观条件让他们无力承担如此风雨,当风雨到来时,他们是多么无助啊。期盼全社会在为死者而沉痛,为巨额经济损失惋惜的同时,考虑如何改善现状更显得迫在眉睫。

医学生:

每次看你的文章都会有好多感触,好像是心底哪个最柔软的地方被触及了。上高中时就梦想能当法医,尽管我是女生,但是没能如愿,但我依然选择了学医,我喜欢!

3

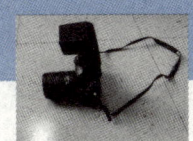

　　船还没有靠岸，我已经远远地看见了那座海上孤岛。想必风和日丽的时候，岛上的那座小山会是另一个海上蓬莱吧，山腰上若有若无的白云定会将它装扮得如同仙境。而此刻的海岛，仿佛正戴着魔幻的面纱，从某个神话故事里走出来——墨色的乌云翻滚着，笼罩着整个山头，时不时地还发出一阵电闪雷鸣，而山腰的云彩也如同从山上的某个妖洞飘出，带着不祥的灰色。

　　真正快走到山脚，才发现险情的全貌。山顶的一个人工水库是全岛的淡水水源，此刻已经出现险情。只见细如蚁蚁的人群在忙碌着，显然是在加固大堤了；水库泄洪的溪水现在几乎就是一条小河，带着泥沙的河水奔腾咆哮着，决不放弃它可以吞噬的任何东西；山腰上，一条长达数公里的裂痕仿佛一道伤疤，把本来清秀的小山变得面目狰狞；滑坡将山下小河旁的两座房屋几乎推到了原来河道的中央，房屋的大半已经被泥土掩埋。而此刻，小岛的海堤上，滔天大浪正不知疲倦地扑向海岛，似乎不把小岛卷到海底决不甘心。

　　去往出现险情的小屋此刻已经借助不了任何交通工具，只见一路路赶上海岛救灾的人群默不做声地跑步前进，渐渐地，小屋前面的人群已经汇成了一片海。

　　站在小屋的面前，这才发现大自然似乎在蔑视和嘲笑人类对它的改造——砖混结构的小屋在大自然面前似乎还不如一个易碎的蛋壳，一座房屋的一楼和二楼已经分成了两截，而另外的一座，也是伤痕累累，随时都有坍塌的危险。

而一旦坍塌，小屋就会倒到河流的中央。

已经没有人相信会有任何人生还了，但是那座被滑坡冲成两截的小屋二楼，已经被泥土掩埋了一半的窗户里面，居然发出了微弱的求救声，不难分辨，那是一个男孩的声音。

消防员和武警战士几乎是徒手开挖着，而几个人就站在窗口旁边，一边给男孩传递着维持生命必须的水和食物，一边和他交流着里面的情况。

原来，昨天上山的他发现骤雨已经使山体出现了裂缝，而一夜的狂风让他睡得很不安心，当大地出现震动，他马上躲到了墙角木床的下面。而老天似乎也被他的机智感动，给他留下了一个通向窗口的大洞，维持着他呼吸必须的空气。

那男孩此刻最关心的却是他的妈妈，他不断地哀求救灾人员先去救他的妈妈。

没有人忍心告诉他，他妈妈的卧房此刻已经被泥沙全部掩埋，救灾人员已经看见他妈妈掩埋在泥土里的一缕青丝。

当男孩一从窗户里面爬出，他就发了疯似的用手抠挖着掩埋妈妈的泥土，很快，他的指甲断裂了，指尖也渗出了鲜血。

两个消防员把男孩架离了现场。人员也立即被疏散，因为，山顶的水库已经承受不住巨大的压力，必须马上开闸泄洪。

十五分钟后，洪水席卷了小屋，我只来得及带走他妈妈的几根秀发，留作个人识别用。

网友评论选登

晓晴：

在天灾面前,人能做的是积极地把损失和伤亡降低到最小的程度,这应该不算亡羊补牢吧？但是有些恶劣的环境的造成，确也有些人为成分，比如沙尘暴。

tear：

一九九八年哈尔滨大水的时候,我们组织同学去抗洪前线为解放军送饭,发现一百二十多米的洪水被高高的沙包挡住,水平面居然在头顶之上……人定胜天我是相信的, 当解放军撤走的时候, 那时候还是少先队员的我站在街头给他们敬了长长的一个礼,我会永远记住拯救了全市人民生命的解放军。

人儿一家：

法医, 非常钟情您的文字。窗外正下着瓢泼大雨, 心中却感受着一种温馨。我想今年温州医学院法医系该是许多考生的首选了。

Margarett：

在遥远的异国他乡清冷的月光下，看完了你今天的文章，曾经的那个人现在也在经历着台风，希望大家都好，平安健康幸福，仅此而已。

193

4

　　天色正是黎明前最黑暗的时候，远处的灯火隔着夜色显得稀稀落落，为数不多的几盏也好像是在打着瞌睡，无精打采地亮着，乌云依然笼罩在头顶，天上飘着小雨，这让上山的小径越发显得看不清楚。

　　小径远处渐渐响起了脚步声，听脚步声就不难判断来的是一位腿脚并不太方便的老人。果不其然，这是位五十多岁的老太太，一大早起来锻炼呢。她向山顶的凉亭走去，准备和往常一样在凉亭的石凳上压压腿，伸伸腰。突然，一道闪电划过，她看见凉亭里躺着一男一女，脸色异样的惨白，显然已经死去多时，老太太的"哇"的一声尖叫，话音未落，一阵滚滚的惊雷声就把老太太的惊呼掩盖得严严实实，她来不及多想，就跌跌撞撞地向山下跑去……

　　两小时后，我来到了现场。看着周边的环境、死者的衣着、体表的损伤，我已经不需要解剖了。死亡过程就如同放电影一样清清楚楚，明明白白。

　　这是一对热恋的情侣。台风打乱了他们每晚在这里相会的约定，也让"一日不见如隔三秋"的思念像一根毒藤疯狂地生长、缠绕，于是台风中心刚刚扫过，他们就迫不及待地相约在这夜半无人私语时了。

　　但大自然似乎要开一个恶毒的玩笑。一道惊雷打在了男孩的左肩，将他的皮肤烧焦了碗口大小的一块，雷电以光的速度前进着，轻而易举地熔化了挂在男孩脖子上的银饰，将它狠狠地拧成了一团，然后从鞋底逃进大地，将橡胶的鞋底和牛仔裤重重地击穿。

　　而电流的另外一部分，融化了男孩手腕上的金属表链后进入了和男孩紧紧相握的女孩的手。

两颗年轻的心中沸腾的必是爱的热血吧，雷电在这最易导电的血液中穿流，将血液凝固，变得焦黑，我们把这个叫做"雷击纹"（这种纹路会和血管分布方向一致，有点像羽毛的形状，因此叫雷击纹）。

我只取下了两块皮肤，留作切片用，我仿佛已经看到显微镜下，电流将每一个细胞拉长变形，排列得如同栅栏一样整整齐齐。

我知道，由于害怕他们的爱情受到"天谴"，这对情侣被分开埋葬了。生不能同衾应属天灾，但死不能同穴，算不算人祸呢？我不知道。

台
风

网友评论选登

xiyue：

大自然不总是用风和日丽与人类笑脸相迎,当它面目狰狞的时候我们还是逃之大吉的好!安全第一!!

冷天蓝：

虽然很惨烈,虽然不能"与子偕老"但是能够在最后的记忆中永远地"执子之手",也是一种幸福。
现在,再也没有人可以把你们分开了。

5

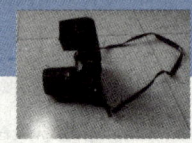

　　我手上拿着一杯咖啡，又一次站在七楼的窗台。杯里咖啡的温度正好，既不至于太热，烫坏了我的手或者舌尖；也不至于太冷，它散发出迷人的芳香，同时温暖着我的手和我的心。台风的气息并没有完全散去，还可以看见在路灯的照射下雨滴在光线中盈盈舞动，但是伸出手去，却几乎已经感受不到它们了。

　　城市已经恢复平静，道路两旁的灯光带着暖色，柔柔地温馨地亮着，似乎台风从来不曾袭击过这个城市。道路两旁的樟树也不再有两天前的惊慌，假如叶面上积累的雨水太多了，它就轻轻地抖动一下，将雨水洒向地面，除此之外，觉察不到任何风的踪迹。

　　我家的灯火，也柔柔地亮着，万家灯火中想必也有它的身影吧；恩雅在音箱里浅吟低唱，空灵的声音似乎不是来源于这茫茫尘世。我陶醉着，迷失着。

　　突然，楼下不远的一个高压包在电线杆上冒出了火苗，蓝色的火苗在黄色灯光的映衬下显得有几分妖异；不一会，火花四溅，四周的灯火迅速而有序地熄灭了。我的家，也陷入了黑暗；恩雅的声音，也似乎突然被音箱咽回了肚子。

　　它一直在超负荷地运转，还要经历雨水的侵袭，是该休息一下了，我为它辩解着，顺手点燃了绿色的香烛。

　　黑暗中，我的思维像这烛火一样跳跃不停。电的出现，到底是好事还是坏事？没有了电，我会陷入黑暗，更不用提欣赏音乐和上网了。但是我也看到过太多电夺人命的故事。且不说鲁莽的丈夫换灯泡时不幸命丧黄泉或者电线也可以用来谋杀，就是这两天的台风当中，就至少有三个人死于电击。一个菜场的雨棚倒塌，将旁边的电线带到打工两姐妹的身上；一位雨中撑船的老翁，不小心把湿淋淋的船篙碰到了河面上的电线。此刻他们的魂魄应该已经在天堂飘荡了吧。

　　我不知道应该如何权衡电，或者说科学技术发展带来的利和弊。我只知道，电来了，当灯火闪亮，我的周围会发出欢呼雀跃的声音。

台风

网友评论选登

我是简单人：

电的出现，当然是好事．
至于出现的那些不幸，如果，当时安装电线的时候，不是架在空中，而是埋在地下，就可以减少百分之九十的事故了．凡是因为电造成不幸的，都是因为事前的预防工作没做好．
但是，被雷击的，我真的无话可说了．无语．

白板先生：

第一次看你的博客，很好．其实你讲述的已不仅仅是案例，而是在讲人．这个分寸很难把握．人们都是好奇的，所以你的博客必须得有案例；仅有案例又是远远不够的，你还要顺着案例这个刀口继续深入下去，直到人性的最深处．真的很难．希望看到你更好的文章．

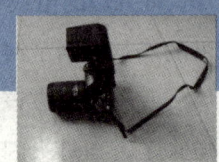

清晨我起床在楼顶上做着扩胸运动。晨曦中太阳奋力一跃，将万丈光芒带给人间，我家的四周，极目四望可以看到七十多栋三十层以上的高层建筑，它们带着雨水，在阳光中熠熠生辉。空气此刻也显得格外清新，经过台风的清洗，空气中原来的灰色已经飞到九霄云外，就连楼下的出租车，前挡风玻璃上的雨水此刻经阳光一照，也散发出钻石一样璀璨的光芒。

台风已经离去，万物正在重现生机。

忽然，不知是谁喊了一声："彩虹！"我回头望去，果然半天中挂着一道七彩的虹，在阳光中雄伟壮观地美丽着。

"不经历风雨，怎么见彩虹？"这句歌词写得真好。我在心里反复回味着。

Tips

台风

由于挟有狂风和暴雨，台风可以直接造成很多严重灾害。在这里我简单地给大家介绍一些防抗台风的小知识。

我不是台风防灾的专家，有说得不对的地方，请大家不吝赐教，我也会尽快改正。

1.台风没有办法避免，但是可以预防。气象部门会根据台风可能造成的影响程度，从轻到重向社会发布蓝、黄、橙、红四色台风预警信号。台风季节，请注意当地气象部门的台风预警信息，以便及时采取预防措施。

2.广大群众要听从当地政府部门的安排。如需离开住所，要尽快离开，并且尽量和朋友、家人在一起，到地势比较高的坚固房子，或到事先指定的洪水区域以外的地区。无论如何都要离开移动房屋、危房、简易棚、铁皮屋。不能靠在围墙旁避风，以免围墙被台风刮倒引致人员伤亡。把自己的撤离计划通知邻居和在警报区以外的家人或亲戚。千万别为了赶时间而冒险趟过湍急的河沟，更不要在海浪面前嬉戏玩耍。

3.台风来临前，应准备好手电筒、收音机、食物、饮用水及常用药品等，以备急需。

4.关好门窗，检查门窗是否坚固，取下悬挂的东西，检查电路、炉火、煤气等设施是否安全。

5.将养在室外的动植物及其他物品移至室内，特别是要将楼顶的杂物搬进来；室外易被吹动的东西要加固。

6.不要去台风经过的地区旅游，更不要在台风影响期间到海滩游泳或驾船出海。

7.及时清理排水管道，保持排水畅通。

台风季节往往也会由于雷电造成人员伤亡，我个人认为以下几种情况容易遭受雷击：

（1）身着湿衣服站在大树下躲雨。

（2）在局部最高大的建筑物或紧靠大树的建筑物旁躲雨。

(3)室内听收音机、看电视或打电话（主要指天线和电线招致雷击）。

(4)户外行人,尤其是携带金属物品者。

(5)雷雨时在江河或海上航行、游泳。

网友评论选登

我傻吗:

法医可能一不小心已经变成了博客版的李宇春了,哈哈! 你很普通,但你以自己的方式在努力,也许你从来就没想到过有今天这个意外的成就,但你做到了。两句话:

一、好心有好报。

二、无心插柳柳成荫。

祝你继续好运!

Amily:

楼上的,我非常赞成你的"每一个人的追求不同",但是如果选择成为医生或法医,就注定是要不断地学习并保持谨慎小心的态度,因为这些工作都关系到生命。不想一直学习,不能耐受寂寞,可以选择不做医生,一旦选了就一定要做好。生命没有第二次。

森林小猫:

我是流着泪看完了你的文章的。

记得比尔·盖茨说过"世界上最不能等的事莫过于孝敬父母"。

好好孝敬我们的父母,尽管他们不完美……

硅 肺

　　家里大理石的洗脸台突然断了，毫无征兆。当时我和妻子正在客厅看电视，只听见一声巨响，跑过去看的时候，只见洗脸台的大理石断成了两截，瓷砖的洗脸盆碎成了无数块，而洗脸盆下的软管断开了，撒着欢儿把自来水撒向房间的四面八方。等我把总闸关上，墙壁上和我的衣服早就淋了个透湿。

　　妻子笑着说可惜刚才没有拿手电筒来，否则说不定能照出个室内彩虹。而我知道，我得有半天忙活了：买洗脸盆、切割安装大理石、重装水管可不得大半天吗，而且刻不容缓。洗脸台修不好，整个房间都没水用，这不总闸非得关上嘛。

　　说干就干，好在买什么都方便，我楼下街对面就有一个大理石加工厂，平时嫌它噪音太大，可要用的时候觉得近有近的好处——这大理石板可不轻。

　　在客户部选石材、交费、画图纸，客户经理让我直接拿着图纸到后面的加工厂去，这样快一点，不然得等到明天才有成品出来。工厂不远，可是夏日炎炎，一离开客户部房间的空调，汗水马上就沁了出来，心里不由得一阵烦躁。

　　找到工厂简单极了：切割大理石的巨大噪音就是方向。可是真的走到车间，我还是吓了一跳。粉尘所形成的白色烟雾在车间附近形成了十几米直径的包围圈，越往里走越觉得粉尘不停地往眼睛、鼻孔里钻，眼睛根本就没法睁开，喉咙里的异物感让人不停地想咳嗽，就这么和粉尘斗争着，差点和一个白色的物体碰上我才发现他就是我要找的民工。

　　这么大的噪音，我喊破了喉咙也没法让他明白我要干嘛，于是我只好做手势让他停下了机器，这时候我才明白原来切割机除尘的水管早就坏了，现在完全就是在干切，难怪噪音这么大，粉尘这么多。

　　切割机终于慢慢停止了运转，噪音在消失，粉尘也慢慢降下来了。我仔细打量着眼前的这位民工：他赤膊在工作，头上、脸上、身上全是白色的粉尘，身上唯一不同的颜色就是那对还能转动的黑色眼球。我看见切割机上摆着一个防尘口罩，但是脏得根本就看不出原来的颜色，显然不知多久没有用过了。

民工的嘴巴在动，我却听不见他在说什么，我的思绪已经飞到两年前的一个案例，我知道，这位民工也会和两年前的那两位民工一样，染上硅肺的。

网友评论选登

燕子呵呵：

真的很难想象，假如我们的城市没有农民工，社会会变成什么样子。建筑工地停工，垃圾满街乱跑，污水处理处一片狼藉……
所以善待那些为社会默默无闻奉献着的民工们吧。
这个故事的开始已经预示了一些悲伤和无奈。

1

　　我记得两个民工中老大来的时候我的手上正拿着一张X线片，也是硅肺的，不过那个时候这种病还叫做矽肺，它们指的都是同一种情况：二氧化硅其实就是生活中最常见的沙子，满世界都是，但是只有直径小于五微米的极细的沙子才能真正进入肺叶深处，而人是没办法把沙子消化或者排出来的，于是在沙子周围就会形成像珍珠贝那样的疤痕组织把它一层层地包裹起来，这种包裹只会越来越厚，越来越多，直到全部肺被占满，无法呼吸，甚至心脏的血液都会无法通过肺部，哪怕不再接触粉尘。

　　手上这张X线片就是一个年轻工人的。他在一家煤矿工作，这样的工作得了硅肺不奇怪，奇怪的是他硅肺的程度在半年内突然从一期发展到了三期，这似乎发展得有点太快了，于是矿里让我们看看片子，到底是怎么一回事。

　　我拿着片子哑然失笑。典型的诈病。看来这个年轻人是请教过高手的，知道硅肺分期靠的就是X光片，道理很简单，硅肺越是严重，疤痕在X线上形成的白色阴影就越多，他甚至知道一些化学药品比如碘酒就透不过X线，能够形成和疤痕类似的白影。但是所谓聪明反被聪明误，他到底不是学医的，拿碘酒画在胸壁的那些圆点，有些根本就画在了肺以外的地方，剩下的也极不自然——有些留下了空心，有些留下了尖角等等。

205

我的心里基本有数了，下面要做的就是约他出来，脱光了上衣再照一次胸片，我的猜测对不对就一目了然了。这时候我才注意到老大，我得承认在我看到他的病历上记载他只有三十四岁的时候我忍不住多看了他两眼，因为他实在不像只有这个岁数。他脸上的皱纹简直就像一幅版画，每一道都好像是刻刀刻过一样整齐而深刻；而他的胸廓正在急剧地起伏着，好像是刚刚跑完马拉松，但是我知道我的办公室仅仅就在二楼。

　　我赶紧把他扶到床上，头垫得高高的。我不知道他的心脏还能承受这样的负荷多久，看上去好像他的心功能随时都在崩溃的边缘。

硅
肺

我知道此刻他更需要的是医生，而不是法医。以前他的疾病主要是在肺部，而现在最主要的病根已经到了心脏。长期硅肺形成的疤痕慢慢地堵塞了肺部的血管，早期的时候心脏还可以通过更努力地收缩把血液射向肺部，但现在血管堵塞得越来越重，上个楼梯就让不堪重负的心脏到了崩溃的边缘，真不知道什么时候它就会撂挑子不干了。

让老大略作休息后我把他送到了就近的医院，在医生的精心照料下，在氧气瓶和强心药的支持下，他慢慢地好一些了，至少，这一次他的命算是保住了。可是不到一个礼拜，他又要急要着出院：他付不起医药费了。

出院后的第二天，我又看见了老大。这时候我才知道他的故事。十二年前，他背着家里来到一个小煤窑打工，每天用一个背篓把煤一点点地从一百多米的地下沿着倾斜的坑道背到地面，每背一篓的工钱不到一毛，但是就这样已经让他欣喜若狂了，不多久他把弟弟也喊来打工，而自己做上了工资更丰厚的掘进工：就是那种拿着风镐把煤层打碎的工作。这样的日子过了大概两年，一次煤窑发生了瓦斯爆炸，几个同村的伙伴们永远地留在了地下，再也上不来了。满村房头飘荡的缟素和新寡的哭声让在家的二老如坐针毡，跑到矿上生拉硬拽把心不甘情不愿的兄弟俩拉回了家。

清贫的农村生活让兄弟俩很不满足，他们又出去打了几次工，但是终究因为没文化没技术，每份工干的时间都不长，日子就这样过去着，兄弟俩好像也慢慢接受了命运的安排，准备就在农村待一辈子了。谁知四年前，也就是他们离开煤窑六年后，兄弟俩都被查出患了硅肺。

而他还是病比较轻的一个。

他的弟弟，现在连床也下不了。

3

　　这对兄弟诊断出硅肺已经有四年了，我知道他们的漫漫维权之路也进行了四年。我坐在那里，听着他们的并不陌生的维权故事。他们诊断出硅肺一年多之后才在一位好心医生的提醒下明白原来他们的病是六年前的矿工生活造成的，这时候他们才恍然大悟为什么每位医生在看病的时候都会问他们有没有当过矿工。于是他们开始去找原来的老板，他们历经千辛万苦才打听到老板的行踪，但腰缠万贯的老板岂是谁想见就可以见的？苦苦在公司门口守候三天后他们等来的只是呼啸而过的汽车的尾气。等他们明白还有"劳动仲裁委员会"这么个单位时间又过去了一年多了，严格地说他们已经错过了劳动仲裁的申诉期间（这种情况申诉期间只有六十天，从劳动者知道或者应该知道身体受到伤害算起），不过好心的工作人员还是替他们处理了这个案件，在劳动仲裁委员会的指导下他们找到了职业病诊断鉴定委员会，医生们毫不困难地给出了诊断意见，但是下一部分的工作还是没办法进行下去了：原法人单位已不存在。

　　"明明老板那个人就在那儿，为什么那个什么委员会会睁着眼睛说瞎话，说什么法人不存在了呢？"

　　老大生气地拍了一下桌子，又剧烈地咳嗽起来。

　　我笑不出来。真的笑不出来。前面说的这些程序就够这位农民工绕好一阵

了，更不要说什么法人这种法律概念，这完全超出了他们朴实生活的需要。更何况，这六年间，一个法人单位的合并、分立、终止等等复杂的可能性足以让一位专业的法律人士头晕目眩，我又怎么能对他解释得明白？

"那你现在找法医干吗？"

"我要打官司！总有个说理的地方！"

我沉默了。他的诊断、劳动能力鉴定、伤残等级鉴定都不是问题，我闭着眼睛都知道他属于二级，但是我根本不相信他能索赔成功。第一，我们国家对这种情况（人身伤害）的起诉期间是很奇怪的一年，从哪个角度说他都过了起诉期间；第二，这种情况农民工多半没有劳动合同，根本无法证实曾经在哪个单位工作过；第三，原法人单位不存在，他起诉谁？

4

　　我不忍心收他的这几百元钱鉴定费用，虽然这对我来说这易如反掌，毕竟这几百元钱对他来说是一笔不小的开销。我告诉他其实他没有必要做法医鉴定，因为职业病鉴定委员会的诊断就可以直接作为证据使用的，没想到这却让他起了疑心，觉得我是不是在帮有钱人说话。我不能去责怪他，要是我遇到这种有理说不清的局面说不定我也会很偏激的。于是我问起他弟弟的情况，当得知他的弟弟没有职业病鉴定委员会的诊断，而我恰巧下一周会到他的家乡，我答应去给他的弟弟做一个鉴定，他这才不好意思地笑起来。

　　从县里到他的村庄没有班车，而的士司机根本不愿意去那里，于是我只好包了一辆面包车。经过一大段泥泞的石子路后我们到了汽车能到达的最远的地方，司机告诉我大约还有三公里必须步行。我正在对不熟悉的道路感到一筹莫展的时候，回头一看居然发现老大早就在路口等着了。他拄着一根拐杖走在前面给我领路，每走三步他就必须停一下喘口气，看着他佝偻的背影我心里说不出的痛：才三十多岁，别人都是正值壮年的时候他的一生却毫无疑问地毁掉了；我根本无法想象他是怎么走到这里来等我的，事实上，就算他的弟弟拿到了法医鉴定，他们的官司还是几乎没有任何希望，我是不是给了他一个根本无法实现的幻影呢？

　　就这样胡思乱想着，他的脚下一滑，几乎摔倒。我赶紧上前两步搀扶着他，看着他呼吸急促的胸膛，我的眼圈有点发热，于是我又只好转过脸去，一步一挪地搀着他往前走。

　　搀着他走的这段路对我来说简直就是一种煎熬。大约两个小时之后我终于看到了他的弟弟。果然他弟弟的情况比他更严重——他正躺在床上一口一口地咯着鲜血。我知道，这是硅肺最常见的合并症：结核。

网友留言选登

风筝：

看到这里，心情很是沉重，作为社会的弱势群体，农民工受到的歧视太多了！大都市里的人情冷漠自不必说，所谓的城里人往往对外来务工的农民表现出轻视或厌恶，而农民工素质低下往往是他们嫌弃的最堂皇的理由，可是，谁又能说城里人光鲜的外表下那些见不得人的想法和勾当比民工高尚多少？只不过，因为读的书太少了，他们没有我们会掩饰自己！在这种畸形的社会形态下，原本最纯朴最真挚的感情和信任，开始离我们越来越远了。这是不是社会进步的一种悲哀呢？普法任重而道远，而怎样让我们的法律最大范围地保护每一个公民的权利，更是法律的制定者和执行者该深刻思考的问题。

疏

肺

　　我收集了做鉴定所需要的资料：弟弟的病历和胸片，留下了一张让他买药的单子，匆匆地离开了两兄弟的家，不，是匆匆地逃离了他们的家。

　　半个月后我把鉴定书寄到了他们家，再也没有去过那个村庄，甚至，每次来到他们所在的那个县，我都不愿意在街上久留，好像是做了什么亏心事一样，总是担心会遇到那两兄弟。我知道，这兄弟俩的问题不是一份鉴定书可以帮得了的。

　　但是还是有消息不断地传到我的耳朵里。两个月以后，弟弟去世了，哥哥也没有撑过多久，大约一年多之后也去世了。其实我知道他们的病是没办法治愈的，死亡也许是他们逃离病魔的唯一方式。但是可怜天下父母心：如果我们把白发人送黑发人的痛苦叫做令人心碎，那么接连两次，我们又应该如何去形容呢？

　　老两口不甘心啊！不断地上访、申诉。县里、省里、甚至北京。于是家里除了儿子看病留下的账单外又多了一大堆路费的账单。老两口舍不得住旅店，经常露宿街头；舍不得在外面吃饭，常常带着干粮上路。一年，两年，就这么过着如同乞丐一样的生活。但是那又怎么样？没有什么合法的途径可以帮他们从原来的老板那里讨回公道，原来的公司早已撤销，而他们又没有充分的证据。最后还是县里一位领导实在看不过去了，让民政局拨了一小笔钱给老两口，这件事也就这么不了了之了。

"你到底要干嘛？！"切割大理石的民工在我耳边的大喊终于把我拽回了现实，看他脸上似笑非笑，我知道他当我神经出了问题。

"你干吗不戴口罩啊？这会得病的！"我很认真地说。

"有毛病啊？这么热的天，拿个口罩蒙在脸上？"民工一脸的不耐烦，"你到底切不切大理石？"他一把抢去了我手上的下料单，再次开动了机器。

刺耳的噪音再次响起，粉尘又开始弥漫在空气之中，我苦笑一下，摇了摇头，离开了这个工厂。

骄　傲

215

"你觉得他真的没有死于他杀的可能吗？"

她说这句话的时候，眼睛并没有看着我，相反，她低着头，翻转着手中精致的银匙，不时在杯中的卡布奇诺里搅动一下。

我实在很难把她和刚刚看到的现场照片联系起来。夏季炎热的阳光使这些照片因为对比度太大而显得有些失真，傻瓜相机的焦距对得也不是很准，但是配合着她的讲述我还是可以弄明白现场周围的一切。

　　现场的左边是一个建筑工地。还有没来得及拆除的脚手架、简易搭建的防尘纱窗布，上面飘动着红色的横幅上，我辨认得出横幅上的几个字是："安全第一"。

　　工地旁边那栋石棉瓦的平房应该就是民工的宿舍了。这座工地已经完工，我可以想象这栋楼房现在熠熠生辉的玻璃幕墙以及幕墙后中央空调带来的凉爽宜人，也许直到现在，这栋楼房的建设者们经过时，还会自豪地对同伴说，这栋楼房是我建的吧。

　　但现在，除了他们自己，有谁还会记得这栋低矮闷热的宿舍呢？

　　除了家属，有谁还会记得这位死者呢？照片上他的脚上穿着一双廉价的塑料凉鞋，一根塑料带已经断开，一条军绿色的长裤似乎在暗示出他曾经的军旅生涯，这条长裤已经污秽不堪，高高挽起的裤管上除了灰尘之外还可以清楚地看见建筑灰浆飞溅的痕迹。腰间的皮带已经断了一大半，但是显然他还舍不得把它扔掉，从皮带的断端看得出塞在里面的是低劣的纸板。上身的一件背心原来应该是白色的吧，暗红色的血迹和灰尘混合在一起，让我几乎看不出它原来的颜色。

　　案发现场是一个旧房的拆除工地。那根夺去他性命的树桩的一头高高地扬起，似乎正在嘲笑着人类的荒谬和无知。而树桩的另一头，被大堆倒塌的砖石掩埋着。

　　一切都好像就发生在我的面前：在一个大家都恨不得躲在空调房间里不出来

的夏日午后，民工们为了赶工决定用一根树桩把一堵拆了一半的墙撞倒，这样他们就可以尽快开始建设下一栋楼房了，要知道炎热的夏季正是他们施工的黄金季节啊。没想到这堵看上去摇摇欲坠的墙似乎比他们想像中的结实，于是他们招来了可以召集的所有人手，而他，原来只是负责工地伙食的，听到同伴的召唤就乐呵呵地来帮忙了。

所有的不幸都来得那样突然，这次也不例外。从现场的照片和他的伤势我可以看得出他是过分的热心了，大家把那个树桩扛在肩膀上撞向那堵砖墙，他最后来，因此站在了最后的位置，本来这是一个相对安全的地方：倒下的墙砖打在他身上的可能性相对较小，但是他为了更好地使上劲，头转向了一侧，用肩膀和后脑持着那根树桩。

这是一个致命的错误。墙突然倒了，十几个人的步伐不可能完全一致，根本就没有把树桩马上退回的可能性。他的脸转向了一侧，使他根本就不知道前面到底发生了什么。地面上原来的一堆砖石形成了杠杆的支点，倒地的墙面将树桩的另外一头高高扬起，将他的后脑击得粉碎。

这实在是一个司空见惯的工伤事故，每年我国类似的事故肯定是数以万计。民工们怀着对未来生活的美好憧憬而来，质朴的性情让他们觉得只要自己的汗水能够换来劳动的收获就是最开心的事情，无论他们的工作在城里人看来是如何的肮脏或者辛苦。

但是没有人会告诉他们，工地上的任何东西，一块砖头，一根钢筋，甚至是一堵看上去不会动的墙，都可能是致命的。

对这样的事故我早已不再觉得奇怪，我觉得奇怪的只是她。看上去她是都市白领的典型——身上一袭意大利真丝手绘长裙将她的身材显得越发的高挑，我看得出她项链上的吊坠应该是香港周大福的"惹火"系列，吊坠上的钻石在咖啡厅昏黄的灯光下闪动着优雅的光泽，而她的耳后，正散发着兰蔻香水的芬芳。

这起十年前工伤事故的死者，却是她的父亲。

十年。十年给人带来的变化真的可以这么大吗？我不禁在想。

网友评论选登

骄
傲

雅典娜:

我喜欢这样的纪实性小说,既有理性睿智的分析和推理,也有感性细腻的情感描写。期待下文。

鹰鹰:

又一个因防护意识不全而导致的悲哀!

舞月光:

民工的生命犹如蝼蚁一样的轻贱,有谁会记得他们曾经为自己所在的城市付出过艰辛的劳作。残酷的生存和工作环境,单调的娱乐,鄙视的目光、廉价的消费品。将来等待中国的民工摆脱这种生活状态的时候又会是公元 N 年呢??

219

　　我看着眼前的这个女性，觉得既熟悉，又陌生。我认识她已经很久了，但是一直不知道她还有这样一段惨痛的经历。

　　读书的时候我们就是校友，那时候我在读法医研究生，她是法医兴趣小组的积极分子，法医兴趣小组有女生不是新闻，不过通常她们的兴趣不会维持太久。但是她却坚持下来了，甚至经常主动要求和我们一起执行任务。

　　当时我并没有多想这是为什么。

　　一天，她来到系里，问我们几个师兄弟："你们谁的英语最好？我要找家教。"

　　师兄弟们的眼睛一起望向了我。

　　我知道这是因为前不久的英语六级考试我拿了全校第二。

　　"你现在英语大概是什么水平？"我问道。

　　"初中。"她抬头看着我的眼睛。

　　看见我的眼睛里满是迷惑不解，她解释道："我卫校毕业，没上过高中，专科我是自考的，现在读的是成教专升本。"

　　"那你学英语的目的是什么？"我问道。

　　"有什么关系吗？"这次轮到她迷惑不解了。看见我笑而不答，她接着说"我要过三级才能拿到本科毕业证。"

"你用了多久拿到专科毕业证？"我追问了一句。"三年。"她的声音充满了
自豪。

嗯，这不是一件容易的事情，特别是在繁忙的护理工作岗位上。她的要求并
不高，只是三级，时间还有十个月，应该足够，这个任务我可以接。

我当天就测试了一下她的英语水平，她果然没有说谎，的确只有初中水平，
不过是初中一年级，而且要初中才开始学英语的那种：她把Y读成可笑的"哇"，
除了be句型对语法一窍不通，词汇量不超过二百个单词。

我开始有点后悔了，怀疑自己能不能达到目标，这不关系到我家教的收入，
但是会关系到我的名声。

但是我已经答应了。于是我决定从基本语法开始，每天早上上一个小时的语
法课，然后晚上让她做针对性训练。

让我惊讶的是她的记忆力出奇的好。她从来不需要我把同样的话说两遍。

一个月后当我讲完虚拟语气时我终于松了一口气，没有新的语法了。

我告诉她现在她最大的障碍在于词汇量，而扩大词汇量最快的方法是背词汇
表，我让她背四级词汇表。

"啊？这么一大本能背得下来吗？"她满脸的不可置信。

我耸了耸肩膀："我自己就是这么背下来的。"

她咬了咬嘴唇，没说话就回去了。

于是我无数次看见她在学校熄灯后还在路灯下拿着一本书，无数次看见她在
吃饭的时候还戴着耳机。

三级考试她通过了，我也快毕业了。我知道这时候她已经把一个银白色的复
读机磨成了黑色的塑料。

她如数拿来了二千元学费。出于对她勤奋的敬佩我没收她的钱，并且劝她考
研究生。

"我能吗？"她的语气透着兴奋和不自信。

骄傲

221

"你要做的只是把四级词汇表换成研究生入学考试词汇表，哈哈。"我笑了。

一年后，她拿到了研究生入学通知书。

这个时候她找到了我，咨询她父亲的死因。

"你知道吗，我之所以有今天的成绩都是因为我的父亲。"她抿了一口卡布奇诺，缓缓说道。

这并不奇怪。但是我很愿意听听这个谜一样的女人背后的故事。

她的故事让我走进了一个我不熟悉的世界。

网友评论选登

子娟：

主角虽然有一段惨痛经历，但我认为她很幸福。

子衿：

好有毅力的女孩，佩服。

中年人：

"我是法医"的文笔，总是触动着我的心灵。感谢"我是法医"！

海燕：

坐了十几个小时，一口气看完了法医故事里的所有文章和评论，爱人笑说我"疯了"——已经不是小孩子了，怎么还会像上学时那样通宵看小说？我说你看了就会知道！从《序》开始，到《压力》、《母爱》；从《毒》、《至毒》到《枪火》、《警报》、《烈火》、《台风》以及《民工》系列，无一不令人震撼！

"虽然上天在我们遭遇这样一次车祸的时候不一定会给我们第二次生命，但是，我们是不是应该因此更加珍惜这一次，这唯一的一次呢？"

祝大家平安、健康、快乐、充实！

骄傲

223

2

这个日子肯定不会被载入史册，但是却绝对改变了一个人的一生。这一天，一个十八岁的山里孩子应征入伍，到首都北京当上了一名通讯兵。穿上军装的第一天他就留下了一个有着鲜明时代特色的笑话：晚餐的时候，他摸着滚圆的肚子，自言自语地说："要是每天都能这样吃饱白米饭，那该多幸福啊！"

军旅生涯对一个人的改变无疑是巨大的。说部队是他的再生爹娘一点也不过分，军装教会了他纪律，北京给了他见识，而通讯兵的工作给了他文化。

六年后他退伍回到了故乡，他变了，可故乡没有一点变化。土地还是一样的贫瘠，老百姓还是一样的吃不饱肚子。他的部队生活给他带来了一些村民们眼里极新鲜的习惯——他用全部的退伍金买来了全县第一台犁田机，他的农具房永远整齐得像部队的营房，每到冬季农闲的时候他会把所有的农具哪怕是一把铲子一把锄头都上好油漆和黄油，再严严实实地包起来，他从来也不肯脱下军装，直到去世的那一天。

所有的村民都觉得不可思议，老人们都说从盘古开天地以来村里谁也没有这样干过农活，但是还是有人慧眼识英雄——同村的一个美丽的女孩爱上了他，不多久他们就有了爱情的结晶：一个女孩，一个男孩。

日子一天一天地过着，孩子们像春天的竹笋一样长得飞快，很快到了姐姐小学毕业的时候，他又做了一件惊世骇俗的事情：他要送女儿去读初中。要知道，村里的习惯是女孩读到小学，不当睁眼瞎就足够了，在那个小山村，从来还没有过女初中生。

女孩不知道该怎样感谢他的父亲。这个夏夜父女俩坐在门口乘凉，女孩睁着天真的眼睛问爸爸："你为什么要送我读初中？"

爸爸说："读书长见识。"

女孩又问："可是我是女孩啊。"

爸爸看了看孩子，摸着孩子的头说："你不是一个普通的女孩。一个男人有出息最重要的是毅力和聪明，女孩还要多一样，容貌。太漂亮的女孩是不幸的，她会是祸水；太丑陋的女孩也是不幸的，她的成功之路会平添很多阻力。你的这几项都恰到好处，不多也不少，你会有出息的。"

女孩对这几句话似懂非懂，但是却记了下来，记了一辈子。

骄
傲

网友评论选登

鬼凌精怪：

一直以来都是默默地关注着法医的博客，今天终于可以占到传说中的沙发了。

"你不是一个普通的女孩。一个男人有出息最重要的是毅力和聪明，女孩还要多一样，容貌。太漂亮的女孩是不幸的，她会是祸水；太丑陋的女孩也是不幸的，她的成功之路会平添很多阻力，你的这几项都恰到好处，不多也不少，你会有出息的。"

这话我留下了，喜欢！

谢谢啦！

马兰花开：

我希望所有的农村人都能有文中父亲那样的经历，从而有那样的见识……

这是一个普通的农村汉子，但同时，却又是一个睿智的父亲。多年后女儿的出息印证了他的预见。多希望好人一生平安啊，苦和痛都远离他们。

山村的夜总是宁静得那样令人惊羡，但是今晚却不同：乌云遮盖了月光，山风让煤油灯昏暗的火苗有些飘忽不定，就连远处的蛙叫都显得那样的惊恐不安。

爸爸给正在读书的女儿用蒲扇驱赶着蚊蝇。看着不时擦擦脖子上的汗又头也不抬就接着看书的女儿，父亲的眼神里充满了慈爱。

他抬头看了看天，放下了手上的蒲扇，对女儿说："爸爸捕鱼去了，好好看书。"

夏季每晚去捕鱼成了爸爸的习惯。他有一项绝技，每次他把上百根鱼钩穿好鱼饵，然后用一根线把所有的鱼钩穿在一起，夜里把钩放下去，到凌晨收回的时候从来都不会空手。少则几斤够家里打一顿牙祭，多的时候有好几十斤，如果能到城里卖个好价钱，那简直就是全家的节日了。

但是今晚女儿不想让爸爸去，现在正是双抢时节，中午爸爸收割了家里的水稻，下午爸爸又帮邻村的谢老伯犁了三亩水田，亲眼看见犁田机神奇的效率的山民这才相信几千块钱不是白花的，而今晚的天气显然又不太好。

"爸，今晚就别去了，昨天王伯伯家杀了猪，家里还有二两肉的。"

爸爸迟疑了一会，还是拿起了桨，走出了小屋。

这一夜，狂风大作，雷电交加，女儿一宿没合眼。

凌晨五点爸爸带着鱼篓回来了，浑身透湿，手上却没了那只桨。

女儿跑去给爸爸端来了茶水，喝了两口热水爸爸苍白的脸终于有了一丝血色，他喊着："老婆，早点把这两只甲鱼拿到城里去卖，准能卖个好价钱！"话音中透着兴奋。

女儿却没有那么开心，她担心地问："爸爸，你的桨呢？"

爸爸迟疑了一会，缓缓地说："昨晚山洪暴发，渔船撞在石头上，毁了。"

女儿几乎就要哭出来："爸爸，叫你不要去的！你要出事了我们怎么办？"

爸爸抚着女儿的头，安详地说："船毁了有什么关系？爸爸砍一棵树明天再造好了。"

女儿还想说什么，爸爸挥了挥手止住了她，艰难地把身上透湿的衣服脱下来。

女儿分明看见爸爸的左肩上有一道十多公分的伤口，肌肉翻在外面，已经被河水泡得发白。

泪水从她的双目夺眶而出："爸爸，你再也不要去捕鱼了！"女儿几乎是哭喊。

爸爸停下了迈向里屋的脚步，回头看着女儿："没钱送你们读书，那是我的责任；读书读得好不好，就是你们的责任了！"

女儿愣了一会，走到自家猪圈旁开始煮猪草。

煮猪草的时候，她手里拿着一本书。

三年后，女孩出落成了亭亭玉立的大姑娘，她的努力也终于获得了回报：毕业会考她取得了全县第一的好成绩，而且被省里最好的一所卫校录取了。

女儿知道爸爸会开心，但是不知道他会那么开心。接到录取通知单的第二天，连结婚都没有摆酒的爸爸摆起了流水席，全村的人都来了，酒席上还放起了鞭炮和鸟铳，全村过节一样热闹。

喝完酒脸还红红的爸爸拉着女儿在全村转了一圈，这哪里是考取了中专，简直就和古时候状元骑着高头大马夸街一模一样了。满村的叔叔伯伯们拉着女孩的手，一边往她的口袋塞着红包、瓜子、花生，一边说着什么"有出息"、"这下成了公家人"、"终于鲤鱼跳农门了"、"以后把爸妈接到城里住"之类的吉祥话。

当天下午，爸爸带着全家来到镇上，照了第一张也是最后一张全家福，还给女儿买了两件新衣服。

这是女儿长这么大第一次穿新衣服。

骄傲

227

在喜悦中度过了一天的女孩有些累了，早早地上了床，就在快要睡着的时候她朦朦胧胧中听见了爸爸妈妈压低了声音的谈话。

"老朱在城里包了一个工程，我准备去打工，家里的农活就交给你了。"

"还是算了吧，这大夏天的，刚双抢完没多久，你也该休息几天啊，何况孩子的学费家里还有。"

"交完学费呢？女儿在城里读书那开销可比不了我们在家里，穷家富路啊。后年儿子也要会考了，不先做点准备怎么办？"爸爸狠狠地吸了一口烟。

妈妈不作声了。

过了好一会，爸爸好像是在自言自语："家里的田就只够糊口；打鱼运气好够一个孩子的生活费，学费和另一个孩子的生活费还得从打工来啊。"

后面的话爸爸的声音压得更低了，女儿没有听清楚就迷迷糊糊地进了梦乡。

网友评论选登

来生在续：

父母有父母的责任，子女有子女的责任。

风筝：

父爱是山，母爱是水，有山有水的我们是世界上最幸福的人。

闲闲聊浅浅笑：

千千万万的父亲，是我们这个苦难民族的脊梁。

4

骄
傲

爸爸去城里打工了，每天出去得更早，回来得更晚——他舍不得那几块钱的车费，每次都是步行上下班。

呆在家里等着开学的女儿迎来了她在镇上读书的几个同学，一个多月没见面的女孩子们聚在一起开心得不得了，几个住在镇上的同学提议一起去城里看电影，听说是美国大片《真实的谎言》，镇上到处打着广告，看过的人都说好看得不得了。

女孩有点犹豫，她从来没去看过电影。电影票对她来说太奢侈了，那是全家一个月的油钱。可是她不想在同学面前丢面子，想想爸爸最近正高兴，也就壮着胆子向父亲开了口。

没想到爸爸一口答应下来，除了票钱还给了三块钱车费，让女儿坐车去，好早去早回。

女儿没舍得坐车，她借口说一个暑假都闷在家里很想好好活动一下，提议大家走路，镇上的女孩可没她那么多心思，也就答应了下来。

出了电影院，一群女孩们还在回味着电影里精彩的片段，女儿突然看见了爸爸。爸爸推着一车灰浆不知要去哪，刚刚一段上坡的路让他很有些吃力，烈日里黝黑皮肤上的汗珠好像金子一样闪着光芒，他坐在车把手上，拿着草帽扇着风。

爸爸也看见了这群花枝招展的女孩，他背过了脸，把草帽压在了头上。

女孩知道爸爸这是不想让女儿在同学面前难堪，可女儿的心里却更有一股热流涌动着，她几乎是含着热泪跑到爸爸面前，饱含深情地喊了一声"爸爸！"

爸爸的嘴张成了"O"型，他没想到女儿会当着同学的面跑过来，他"嗯"了一声，什么也没说，挥手让女儿回家。

女儿是在同学家吃了饭才回的。天黑的时候她走到了家门口，正听见爸爸和对面的刘叔摆龙门阵："今天在城里，我还没看见女儿，女儿就跑过来喊我了，这孩子以后一定孝顺！"

爸爸说"我还没看到女儿"的时候语气特别的重，那神色简直是得意忘形了，好像他一辈子的操劳都在一声理所当然的"爸爸"中得到了回报。

女儿咬了咬嘴唇，决定以后再也不去看电影了。

网友评论选登

来生在续：

其实每个人的经历都是一本小说。

Greenlisa：

喜欢法医的故事，字里行间透着爱。文如其人，折射出的人格，让我钦佩。会一直关注，支持法医！

小越：

支持法医！今天你辛苦了，写了三篇，也让我们过了瘾。你一定是一个深沉的男人，所以写出来的东西都让人沉思而又感动。

diyi008：

城里人读民工的故事，只有感动和同情；
民工看自己的故事，只有伤感和无奈；
境遇相差悬殊是制造故事的源泉。

骄傲

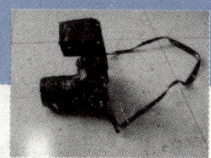

今天是开学的第一天，爸爸亲自陪着女儿来到了学校，带着五千元的学费，要知道，那几乎是全家所有的积蓄。

女儿不像其他的新生一样好奇地四处张望，小麻雀一样地唧唧喳喳。她默默地陪着父亲办完手续，又一起来到了食堂。

爸爸打了一份辣椒炒肉，父女俩一起吃。爸爸不停地叮嘱着女儿以后洗澡要去哪，上课要去哪，女儿今天好像哑了一样，默默地听着，一言不发。

她认认真真地将饭碗里的最后一颗米拨进嘴里，放下饭碗，缓缓地对爸爸说："知道了。"

爸爸看着女儿，四目相望，一切尽在不言中。

好一会，还是爸爸打破了沉默："女儿长大了。"

他叹了一口气。"你回宿舍吧。爸爸去车站看看还有没有车回家，没有了爸爸就在车站睡一宿。"

女儿的眼眶有些红。

爸爸挥了挥手："去吧，记得和老师、同学好好相处！"

没等女儿起身，爸爸转身离开了食堂，向校门口走去。

父亲迈着矫健的步伐把并不高大却十分壮实的背影留在了身后，也永远留在了女儿的心里。

父女俩谁也没想到这一眼竟成了诀别。多年后回想起这一幕，女儿仍然清楚地记得父亲左肩鼓鼓的腱子肉上的那条十多公分的伤疤,那条捕鱼时在激流和礁石中搏斗留下的伤疤。

那个背影和伤疤成了女儿心目中父亲永远的丰碑。

网友评论选登

车前草:

我也正在享受这种真挚淳朴的父爱.真的感动。

Lea:

感动,很有共鸣。
儿时印象最深的就是父亲的手,修长,有力,无所不能。

Wqmm:

这位父亲是可敬的,他虽然没有钱,但他给了女儿比金钱更宝贵的东西——爱和坚强。
但愿所有的父亲都能够无愧于这个称呼,给你们孩子的不是金钱,而是用你们的行动告诉孩子,人生应该怎样走!

Endeavor:

亲人的爱虽然不像爱情那样轰轰烈烈,但非常真挚,而且不像爱情那样可能很多人一辈子都不能遇上,而亲情却是我们绝大多数人都拥有但也为我们绝大多数人所忽略.希望看完这故事的每个人被感动的同时可以想到自己的父母,我相信每一位负责任的父母都像这位父亲一样伟大,而我们这些还是做孩子的就应该像这位女孩那样真切地回报我们可爱可敬的父母们。当我们有了家庭后更需要好好回头看看为了我们而白发的父母们。

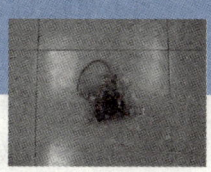

骄傲

时针已经走向凌晨两点，《布烈瑟农》忧郁的曲调正从咖啡厅大堂的钢琴里缓缓地流淌出来。

"我上学后一个月就接到了父亲的噩耗。"她摇着头，好像是想把回忆甩开。

"十年了。十年来我一直没办法相信一个活生生的父亲就这么走了，永远也不会再回来了。"我分明看见她的眼睛里面有一层薄雾。

站在法医的角度我知道她父亲的死亡其实并没有什么好怀疑的。她父亲后脑的损伤和当时的情况完全吻合，没有任何证据说明这件事情有谋杀的可能。但是站在一个常人的角度我很清楚其实她也知道父亲的确死于工伤，只不过到现在她依然没办法接受父亲已经死亡这个事实。

我不知道我是应该从法医的角度发表意见，还是从一个常人的角度劝她，我很怀疑一种伤痛如果时间都没办法冲淡，我的语言能起到多大的作用。

我只好点燃了一支香烟。

她看着那支香烟，泪水突然又涌了上来："爸爸在世的时候，只能抽二角八分一包的龙山，我跟他说过等我长大要买最好的过滤嘴香烟孝敬他。"

我犹豫着不知该如何劝慰女孩，她转过头去接着说道："我父亲去世后包工头送来了两万块钱。妈妈把每一分钱都掰成两半花，她说这是爸爸用生命换来的。不知道是不是冥冥之中自有天意，弟弟大学毕业的时候这笔钱正好用完。"

我知道此刻的她已经得到了国外一所知名大学攻读博士学位的邀请，他们每月提供奖学金的数目正好折合人民币两万。

真不知道我们应该感谢命运之神对女孩的垂青，还是应该诅咒命运对这对父女的嘲弄。

我只能伸出手，轻轻地拍了拍她的手背，对她说："你的父亲在天有灵会为你今天的成就骄傲的。"

没想到她却摇了摇头，坚决地说："不对。大家都说父亲的在天之灵会为我今天的成就感到骄傲，但是在心里，父亲才是我最大的骄傲——是他用他的双肩乃至生命托起了我和弟弟的未来。"

我顿时语塞，一时间千头万绪，竟又不知该从何说起了。

网友评论选登

开蓝：

很感动！让我心里也觉得睹得慌。
朋友推荐，今天第一次看你的文章，一个感觉：太好了，我要一篇篇全部看完。

零零：

很感动，也有些激动，让我想起我自己的父母，不过他们都还健在，希望在他们有生之年能感受到我的"孝顺"，不要等他们过世之后自己才后悔！

非常道：

伟人说过，部队是个大学校。从大学校里出来的人，会有伟大的精神，坚强的意志，强壮的体魄和善良的心。这个父亲印证了这个观点。

清水无香：

中午给家打电话,妈妈和爸爸今天休息却正在帮人做纺织小工,当时眼泪就下来了！武汉这么热的天，他们俩在机器旁只有一个小电扇,叫他们身体怎么受得了啊！只怪自己没出息,去年司法考试没通过,只有今年好好努力了！

小越：

父爱确实很伟大，但现实中农民工的素质问题确实值得关注。每年从事建筑行业的农民工死亡的人数很多，他们大部分都是从田地直接到工地，没有经过正规培训，安全意识也比较弱。虽然经济窘困让他们如此，但生命不也很重要吗？盲目是不行的，不要都用生命来做代价。

235

警 报

1

　　数十个家属围在我的周围，而我正坐在殡仪馆休息室的沙发上，实木的沙发硌得我有点不舒服，我挪动了一下身体，继续低着头。

　　我努力地辨别着周围的人到底在说些什么，但是我是徒劳的。他们的人太多，七嘴八舌，有的气势汹汹地说着什么，有的则在哭诉着什么，真的很难分辨出每个人的声音。

　　何况，他们的方言我完全不懂。

　　我的思绪不禁回到了三个小时以前。安顺县卫生局今天早上突然打来电话，说是前天一名三个月大的男婴在注射防疫针后突然死亡，需要我们帮忙鉴定死因。其实我很有点意外，因为这个县的卫生局从来不曾找我们鉴定过死因——他们总是息事宁人，一有纠纷，少则几万，多则几十万，只要家属不闹事就好。这一次居然太阳从西边出来了？

　　郑老坚持要和我一起去安顺，我倒是很过意不去，单位把郑老聘来作技术把关，我们一直觉得他年龄大了不希望他太辛苦，但是他从来不会因为自己快七十的年龄就给自己任何特殊待遇。

　　一路上我就和卫生局的干事在讨论着案情。从他那里我知道了大致经过：这个小男孩的父亲常居欧洲，平常就是在老家的妈妈照顾。前天妈妈带着小男孩按照国家规定来到防疫站注射"百白破"疫苗，没想到第二天一早居然发现孩子没了呼吸，孩子的母亲没了主张，马上打电话给远在重洋的丈夫，而父亲一听说此事，手上的事情都不管了，当晚飞回国内。

239

我知道这绝不是小事，这比一起医疗纠纷麻烦多了：小孩子是在进行计划免疫后死亡，而我国的计划免疫疫苗往往是由省一级疾病控制中心统一购买，然后通过"冷链"发送到各级疾控中心、防疫站（疫苗大多数需要低温保存，所谓的冷链包括运送途中和到达目的地的低温环境）。

　　这会震动全省的。我在想。如果防疫站的疫苗有问题的话。

网友评论选登

鸟：

看了你的文章我突然感到生命的珍贵，我们要珍惜啊！这年头活着不容易。

布布：

顶一下。法医，像你这样有社会良知和正义的人已越来越少了。你所做的一切让我感动，让我觉得人性还有那么美好的一面。你的文笔也让我欣赏，真是不错……

果不其然，案发当晚市疾控中心就赶到了现场，并马上向省疾控中心汇报，这会儿省疾控中心派来的专家正在和防疫站工作人员一起调查案情呢！我只好先向家属了解情况，于是就发生了开头的一幕。

我知道这是为什么，我们是接受卫生局委托来的，家属一开始就充满了不信任。但是这样绝对不是办法，动手之前我要对整个事件有所了解，做到心中有数。

我等到家属说话的声音明显少一些了，站起来做了一个篮球比赛暂停的手势："你们中间有人会说普通话吗？"

家属肯定没想到他们说了这么多我什么都没听懂，愣了一下，几个声音气势汹汹地喊道："我们要看你的证件！"、"对，看证件！"另一些人七嘴八舌地应和道。

"这是我的证件，拿去吧！"郑老替我解了围。

我愣了一下，看了郑老一眼，郑老轻轻地挥了挥手，叫我别生气。这时候几个年轻力壮的跑去复印郑老的证件了，休息室顿时显得空旷了不少。

"大家请坐！"郑老的声音透着几分威严。

我第一个坐了下来，房间里立时鸦雀无声，郑老继续说道："我觉得大家是非常通情理的！至少，你们愿意做一次尸体解剖，搞清楚孩子真正的死亡原因！这就应该感谢大家！搞清楚死因，对家属是一个交代，对防疫站的工作也是一个促进！我们来，就是来查明死因的，因此，我需要大家的配合，有谁能讲一下孩子死亡前发生了什么吗？"

我看见一直在一旁默默地擦着眼泪的母亲听到郑老的话后身体从椅子上滑了

下来，跪在地上，带着颤音说："我的孩子好好的，就是他们打针打死的啊，你们要为我们做主啊！"

我承认，虽然千百次地遇到类似的情况，我还是被母亲打动了。我走到她身边，和其他家属一起把她扶了起来，但我不敢直视母亲的眼睛，因为此时此刻，我绝对不能失态！

郑老的脸转向了另外一个显然是能做主的家属，对她说："孩子母亲的情况不合适接受调查，请你们扶她下去休息一下，留几个知道情况的配合我们一下好吗？"

"我是大姨，问我好了，我知道的！"一个声音说道。

我们终于能开展工作了。我的心里长舒了一口气。

网友评论选登

LAMP：

对于这个世界来讲，死个小孩有什么了不起的；对于那个母亲来讲，却可能是失去了整个世界。
人间惨剧。

丫丫他妈：

作为一个当妈的我由衷地同情那位母亲，有了女儿之后，最看不得的就是孩子们出事受苦的消息。
我天天追看，法医大哥你更新太慢啦！
要不然先把结果告诉我？我这人就是没耐性，看侦探小说从来都翻到最后看凶手是谁，然后翻回来定定心再看。法医大哥你小点声告诉我哈，我不会告诉别人滴！

乐并痛快：

法律是坚硬的冰冷的，医生是温暖的柔和的，法医呢？刚中带柔冷中带暖，既有法律般的冷静和稳重，又有医生的仁慈与博爱，哈哈！好像只有法医这个"医"是与挽救生命无关的，好神秘又有些让人匪夷所思的职业哦！

3

郑老向我点了一下头，示意我可以开始了。我向大姨连珠炮一样地提问，问题又细又密，包括到孩子是不是母乳喂养，一天吃几次奶，吃了吐不吐奶，穿几件衣服，盖几层被，睡觉的地方、姿势，甚至一直延伸到母亲生产以及产前检查的情况，眼看着大姨有点招架不住了，不时跑出去询问母亲后才能作出回答。

但是问着问着，大姨的神态就逐渐缓和下来了，当我问到孩子这几天玩耍的情况时大姨的眼中竟有了慈爱的笑意，"哈哈，看不出来，你对养孩子还知道蛮多的吗。"

估计当时我的脸肯定是红了。

何况，大姨哪里知道，我的问题越是细，越是说明我还没有找到可能的死亡原因！而且，我问喂养情况是看孩子的健康状态，穿衣盖被情况是排除意外窒息，而生产情况是为了排除产伤和先天疾病！

我的眉头越皱越紧。我找不到明显的死因。甚至，一直到解剖结束，我的眉头还是没有展开。

但是在我们步出殡仪馆的时候，我看见了这样难以忘怀的一幕：孩子的母亲举着孩子可爱的遗像，和三十多口家属一起跪在了我们面前，哭喊着，"你看看，你看看我的孩子啊！"

我的眼眶又红了，我的脸又别转了，我最害怕这一幕。老百姓的这一跪，承载着太多的天理人情，我是一个小小的法医，我承受不起，真的。

何况，在无数的天理人情面前，我最终只能选择对事实负责，如果最终事实

243

对母亲不利，我会多少次在凌晨时点燃一支香烟，又会多少次午夜梦回中看到母亲这凄然一跪呢？

回家的路上我默默无言。

网友评论选登

马兰花开：

真难为法医，问的问题比已经当了父亲的还细致专业。看来当法医，知识面要很丰富啊。

noma：

越看越担心啊！如果把养孩子当成一种投资的话，那绝对是一种高风险、高投入的投资。

生命真是说不清啊，有时坚韧，历经摧残而不倒；有时脆弱得一粒小小的花生米或一块软软的果冻就能夺去一个鲜活的生命。大概是前年吧，网上看到有个小女孩在幼儿园睡觉时，就因为呕吐，居然被呕吐物呛死了。当时我女儿刚上幼儿园，我心里这个害怕啊，有时真想跪在菩萨面前求他保佑，可我终究是个无神论者，想骗自己也不容易。

不知道法医看了那么多的生死，还有没有勇气要孩子。

蓝悠心：

因为自己是母亲，能体会这位母亲的丧子之痛，也能体会善良的法医大哥在经历那位母亲一跪时的沉重及酸楚的心情，但真相终究还是要揭露，究竟是幼儿自己本身体质的缘故还是疫苗有问题，一切都静待法医大哥解剖得出的结论，但不管怎样，一个还没有尝够人间喜怒哀乐的婴儿就这样匆匆离去，是谁都不忍心看到的。

4

紧振

当晚我看到了市疾病控制中心的调查报告。事实证明他们在打防疫针方面比我专业得多：这份调查报告不厌其烦地描写着注射的每一个细节，诸如疫苗的生产厂家、批号、失效期、保存环境的实测温度，注射器的生产厂家、批号、失效期，甚至是注射人员的学历、培训以及详细得无法再详细的注射经过。

但是报告最后的结论是：建议马上组织专家尸检，查明死因。

我苦笑了。现在我唯一的希望就在病理切片上，要是病理切片还是什么也看不出来呢？不行，我得给他们打打防疫针了。

"现在，仅仅从尸表检查、尸体解剖和器官的大体观察我们还不能发现明显的死因。当然，我们还会通过病理组织学检查，用显微镜去观察更细致的改变，不过，我必须提醒各位专家：大约有百分之十的案件，我们穷尽一切技术手段，仍然无法发现真正的死因。"我目光扫了一遍在座的各位专家。

县防疫站的一位年轻干部的脸马上哭丧了起来，身体也歪在了桌子上："我们还宁可就是防疫针打死的，那么我们就销毁所有的疫苗，赔偿这个家庭，至少，我们还可以向厂家追偿啊！要是查不出死因，这么不死不活地吊着，全省的防疫工作都没法开展了啊！"

"我明白你的苦衷，我会尽力的。"我在心里说。

245

"各展所长吧！"郑老提议，"你们擅长病原体的检查，我们将提取的血液拿一半送到省疾病控制中心做各种病原体的检查，如果是阳性，我们会复查后写进结论。另外，我们需要疫苗的样品、外包装、说明书……"郑老罗列了很长的一张单子。

"也只能这样了，麻烦你们多费心！"县卫生局局长做了总结性陈述。

网友评论选登

妖妖：

偶然间发现了你的博客，
于是半夜看你的文章，最近成了我的习惯。
唉，说实话，我很胆小的，也不是学医的，看完了会觉得心里凉凉的，可是又忍不住不看。
唉，没说的了，
明天继续看了。

同道中人：

原来选法医这一行其实并未经过深思熟虑,只是看电视看多了,看包青天,宋慈,断案如神,使许多冤魂得以瞑目,当时感觉他们很帅,很希望以后也和他们一样,能够伸张正义,于蛛丝马迹中寻找真相,还一片青天于人间,本来考完试也没有太想学的专业,索性就报了法医,可上了学才知道法医的厉害,也曾彷徨,是否退学,重读一年,可最终还是留了下来,女法医又怎么样,女的一样可以学好。

以后的一个礼拜的时间，我把手上所有的案件都放在一边，一门心思扑在这个案件上，每天不停地上网查阅资料。我也知道，我暂时推开不管的案件中有不少都是恶性刑事案件，但是，那只关系到一个人的生命，而这一起案件，关系到的是全省儿童的安危。

深夜，整栋办公楼只剩下了我一个人，四周环境安静得我甚至能听见日光灯管电子镇流器发出的吱吱的声音，还有我的手提电脑硬盘轴承的摩擦声。今天孩子的病理切片出来了，我需要加班看完。整个案件毫无头绪，我取的切片也就特别的多，一共四十多张，就算粗略地看看也要两个小时，我在心里盘算着。

突然，我在肺部的切片中发现了有意义的现象，第一次找到可能的死亡原因我感到的并不是欣喜，而是紧张。我勉强把提到喉咙的心跳压下去，接着把所有的切片看了一遍。

没错，肺部有炎症。而且不是一点，为谨慎起见一共五叶肺我取了十张切片，每一张都有大量的炎症细胞。其他部位则没有发现任何异常。

我完全可以断定出孩子的死亡原因了：孩子太小，免疫力太弱，病原体一侵入肌体，便如入无人之境，马上占领了整个肺部，这种情况在正常的大人是不可能的，炎症最多侵犯一个两个肺叶就不得了了。

247

这也就解释了为什么孩子在打针前没有任何的不适：其实发热、咳嗽也是肌体的免疫力在和病原体作斗争，而孩子几乎全无免疫力可言。

我没有一丝的欣喜，反而在盘算着下一步我该怎么办。

不顾省疾病预防控制中心的同志可能已经睡下了，我马上拨通了长途电话："你们病原体检验结果怎么样？"

"流感嗜血杆菌是阴性的，怎么，你们有什么阳性发现？"虽然刚从睡梦中被我吵醒，省疾病预防控制中心的同志仍然是极高的职业敏感。

"嗯，我在孩子的肺部发现了炎症细胞，大量的。你们多做几种病原体吧，我们考虑感染。"

我需要阳性的结果，这样证据链才是完美的，我在心里高喊。

我得承认这个世界不存在完美：省疾病预防控制中心检测了多种病原体，甚至每一种病原体用了好几种方法来检测：但是，统统阴性。

我可以解释这样的结果：第一，无论我们检测多少病原体，相对于整个自然界几乎无穷的病原微生物种类而言，都不过是沧海一粟；第二，如果病原体只存在于肺部，并没有菌血症、败血症等因素的存在的话，采血的化验也会是阴性的。

我可以肯定地说省疾病控制中心是实事求是的，但是这样一来，压力全部都在我的身上。

这份报告我应该如何措辞我整整考虑了两个礼拜。

我得请求我的同事和朋友原谅，原谅那两个礼拜我的心不在焉，答非所问。因为这次的鉴定实在是太不一样了，第一，它关系到的是全省的疾病预防控制工作应该如何再开展的问题，第二，我的报告发出去了，考验它正确与否的将是一条条无辜的小生命。

万一我的判断失误，面对无辜的父母和孩子，我人该何以自处，情又何以为堪呢？

那两个礼拜我几乎夜夜是被噩梦惊醒的。

我知道其实我可以有三种方式结束这份报告：第一，我只描述客观显微镜下

显示的情况，不作任何结论，已经很不错了，国内可以做到显微镜水平的法医也就只有那么几家单位。但是，"不行，你这是在逃避责任，最差劲的法医才不作任何结论！"我的心里在激烈地斗争着。

第二，我可以写下孩子的死因：肺炎！够了，这就是一个法医应该做的，查找死因。"不行，法医学的目的是解决实际问题，你这还是在逃避，你会把问题永远留在那里的。"内心的声音又一次地敲打着我。

第三，我可以解决死因后再排除注射疫苗所致的死亡。这样才是最棒的法医，我有理由这么判断，同一批注射的孩子都没有出现问题，而这个孩子也没有任何的过敏征象。"可是，你疯了吗，这样你的责任是最大的，万一出现下一个孩子的死亡，你怎么办？何况，你有什么必要承担这个风险！对你有什么好处！"内心里的声音又不依不饶地说。

我每一天都这样自己和自己斗争着，有时连自己走到哪里了都不知道。这次我猛一抬头，原来自己走到了老师的办公室。

郑老慈祥地笑着，取下了他的老花眼镜，对我说："我知道你在想什么。切片我都看过了，你有把握就写，我的名字签在第一个，有什么责任我来承担。"

我的眼眶又红了，我激动得说不出话来，我能做的只是坚定地点了点头。

三天后，我们签发了报告。

截止今天为止，全省没有孩子因为注射疫苗死亡，但是，我们知道，什么时候我们都不可以掉以轻心。

因为，我们是法医。

雷？电？

251

1

　　小猪看上去狼狈极了：它身上裹着的一件衣服已经泥泞不堪，小尾巴又从衣服中间滑稽可笑地伸了出来，团成了一个小小的圆圈。它极不耐烦地被我赶着向柏油路边的污水坑走去，嘴里不满意得直哼哼，突然好像发生了什么意外的事情——它的脚刚一接触到污水就马上跳了出来，嘴里发出的声音此刻也变成了哀鸣。

问题是我现在比小猪还要狼狈一百倍，把它从所里赶到这里虽然只有几百米的路程，但我已经花了大约两个多钟头了。当初所里的人向我建议给这只小猪像狗一样套个链子的时候我还不乐意呢！要是路人把它当成我的宠物让我的脸往哪搁啊！现在我可是后悔莫及了，这只没见过世面的小猪一见到路上的汽车就吓得四处乱跑，我得承认我现在身体的灵活性远和当初读书打篮球的时候不可同日而语了，好几次我不得不用飞身扑救的方式才把嗷嗷乱叫的它抓了回来，可恨的是刚刚雨后天晴不久，小猪又特别喜欢往什么垃圾堆、烂泥地里逃。

要是现在你看见我肯定认不出来，斯文扫地的我衣服裤子鞋子上全是泥泞，就连脸上也在劫难逃，夏日柏油路上的高温很快让泥巴变成了泥壳，然后又被毒日头烤出的油汗一冲，我的脸就好像是刚刚唱完京剧，花一块白一块好不热闹。

我的左手拿着一根赶猪用的小竹棍，右手拿着一个GPRS仪；我正在担心刚才摔的几跤有没有把这个精密的家伙弄坏，它跟我一样的大花脸也让我心痛不已，我正扯着袖子想把它擦干净呢！

不公的天啊！！你为什么让我遭过这么大的罪啊！

事情还得从头说起。昨天一早局里接到报案，说是有个小伙子晚上在单位加班一夜未归，家里人给他打手机他也不接，提心吊胆的家人凌晨冒雨四处搜寻，居然在回家的路上找到了他，可是这时候他已经不会呼吸了，每天上下班骑坐的摩托也静静地放在他的身边。

据小伙子同事反映昨天厂里有一批发往欧洲的服装合同即将到期，当天必须

253

全部装船，所以厂里所有人都一起加班到晚上一点左右才各自回家。今天一早接到噩耗，熟悉的朋友都是惊诧莫名——小伙子昨天是一个人骑摩托回家的，临走还和大家开了几句玩笑，谁也没发现他有任何异样，怎么一个人说没就没了呢?

听同事反映小伙子平时为人和善，身为单位车间主任的他十分体谅下情，昨天一个工人赶工的时候不小心弄伤了手指，还是他亲自陪着去了医院的呢。老板对小伙子的工作也十分满意，不但平常工作任劳任怨，就连这次订单也是小伙子利用熟悉英语的优势拉来的。在家里结婚不到半年的他不但是妻子的好丈夫，也是父母的好儿子，这样的情况家人怎能不哭成一堆泪人呢?

这倒是奇了怪：要说是仇杀吧，小伙子平时既没结下什么仇家，也没听说和别人有什么经济纠纷，仇杀按道理也不会选在一个大马路上下手；要说是劫杀，没理由值钱的摩托车会被留在现场，何况听经办民警说小伙子的钱包里面的现金、银行卡一样也没少；情杀就更不靠谱了，小伙子从来没什么桃色新闻，照他新婚燕尔的情况可能性也不大。

不管怎么认为不可能，人死了是事实，作为法医就得弄明白是怎么回事。

漏了电？

　　案情调查没给我们带来任何有用的信息，我只好硬着头皮去现场，这种情形我很不喜欢。我总希望案情调查能给我一点有用的线索，然后现场给我提供一个方向或者几种可能，最后到尸体上去证实到底哪种想法是最正确的。这几个步骤哪一步没达到既定目标都意味着后面步骤的难度会增加。

　　案件发生在一条宽阔的大路上，周围视野也很宽阔，谁要是把这里选作谋杀的第一现场可就真是失心疯了；死者衣衫整齐，身上也没见到什么伤痕；经办民警清点过他身上的钱包，里面还整整齐齐地放着八百多元现金，身份证、银行卡也一应俱全；他的摩托车就倒在自己的身边，这些我看来看去也没发现什么问题。倒是他脚下吸引了我的注意：他倒在马路靠近人行道的地方，地上由于昨夜的大雨积了大约十平方米左右的一摊污水。

　　我倒不是怀疑有什么毒物，就算这里原来有什么毒物雨水也会把它稀释不少的，何况他还穿着鞋子，吸收也不是一件容易的事情，我是看到这摊污水把路灯底座也浸渍了起来，莫非是漏电？

　　我找来了一只电笔，果然电笔一插进污水就亮了，我还是有点不放心，到旁边的几个单位走访了一下，不远的中学几个学生七嘴八舌地向我反映昨天他们蹚水过马路的时候也被电着了。

死者身上没有发现电流斑，我得告诉大家，并不是所有的电击都会出现电流斑。如果电流经过水进入人体，由于电极和人体接触面积大而且接触良好，一般不会出现典型的电流斑。倒是死者大腿内侧的裤子上有一个电流击穿的洞，我想这个案件定一个电击引起死亡问题不大。

　　意外，原来又是一个意外。我的心情轻松了许多：没人应该为此负刑事责任，当然得马上通知路政局，他们必须过来好好看看。

3

这个案件有点谱了，没两天我就把报告整理好，准备让郑老审核一下。

没想到卷宗在郑老那卡住了：一连两个礼拜郑老对这个案件都没表态，眼看就要到结案时间了，我可有点沉不住气了。

到郑老办公室的时候郑老的手上正拿着这个案件的卷宗，我还没开口郑老倒来问我了："如果这个案件是漏电造成的意外，那为什么先前蹚水的几个学生没事呢？"

这是个问题，但是也不是绝对没有可能，想了一会我说道："每个人电阻不一样，致死电流量个体差异很大的。"

郑老指着死者裤子的照片："这大腿内侧的洞怎么解释呢？"

"电击穿呗！"我张口就答。

"你见过二百二十伏电压击穿过衣服吗？"

这倒是让我语塞了，二百二十伏电压击穿过衣服我的确没见过，可是，谁知道那里的电压是多少呢？

郑老一挥手："走，我们测电压去。"

我看见郑老的手上拿着一个万用表。

4

　　电压的测量结果让我失望了：还不到一百伏，这点电压，不要说击穿衣服了，就连致死都困难。我问过了，路灯用的是二百二十伏电，看来电漏到这里损耗了不少。

　　可是死者的裤子上的确有一个电击穿的洞啊！回到单位我才缓过神来，不是漏电，那是什么？

　　我拿着个问题问郑老的时候，郑老没直接回答，反倒让我去做一个实验，他让我给一只猪穿上衣服从那摊积水走过，然后拿一个GPRS精确测量一下污水的经度和纬度。

　　郑老在弄什么玄虚？我倒是丈二金刚摸不着头脑了。但是我还是决定按郑老的安排去做：郑老这么做肯定是有想法的。

　　于是就出现了开头的一幕。

　　可是做完实验我还是不明白是怎么回事，一百伏不到的电压不能击死小猪，也不能让衣服击穿这并不奇怪，本来这个电压就太低吗？

　　郑老的葫芦卖的是什么药啊？

雷 电

　　我把GPRS的测量数据告诉了郑老：东经120°40′36″，北纬27°58′49″。正准备开口问郑老这到底是怎么回事，郑老自己揭开了谜底：原来，案发当晚是个雷雨天，他早就在气象局查阅过曾经发生雷击地点的经纬度和雷击时间了，雷击时间倒是和死亡时间吻合，但是只有用GPRS证实雷击地点的经纬度也一模一样他才放心。

　　案情倒是真相大白了：运气不好的死者当晚骑着摩托车回家，一个炸雷正好打在他的身上，电流大部分顺着他湿漉漉的外衣和地上溅起的积水流走，只有少部分经过了他的身体，因此并没有在他的身上留下雷击纹，但是突如其来的电流却足以让心脏停跳，也击穿他大腿内侧仍然干燥的衣服。可是这让我有点面子上挂不住，我向郑老狡辩道："还不一样的是电击，还不一样是意外吗？"

　　郑老笑了："在我们这一样，在别人那可不一样。要是漏电，路政局有民事赔偿的责任，雷电就不关他们的事了，你说呢？"

　　看来做法医不多想一点还真的不行。

259

我是法医

萧 墙

　　我觉得这个案件法医能做的事情只剩下挠头皮了,这个已经拖了将近五年的案件卷宗就堆了二尺多高,我花了一个礼拜的时间才在这浩如烟海的文字中大致理清了事情经过:兄弟二人看来是哥哥个性比较强,鸡毛蒜皮的小事诸如妯娌纠纷之类的喜欢占一点小便宜,这次父亲刚去世,哥哥也想在遗产分割上占一点强。弟弟倒是准备忍气吞声了,但弟弟两个血气方刚的儿子觉得是可忍孰不可忍,看来俩小伙都够义气——他们都瞒着家人,一个说是去找朋友打牌,一个说是出去走走,一前一后分别离开了家。

可气又可笑的是哥俩其实要去的都是同一个地方：伯伯家，而且他们到伯伯家的时间只相差不到半个小时，隔壁的王伯证实了这一点。并且他还看到了哥哥拿着砖头先进去，弟弟则是拿着一把铁锤后进去，剩下的事情就只是第二天伯伯被发现死在床上，头部左右都有伤痕，至于房间内到底发生了什么，恐怕就无从知晓了——王伯不是透视眼，而哥俩都争着说是自己打死了伯伯，而且活灵活现，好像确有其事一样。

但我却知道，一个人只能死一次。

这事情从法律的角度分析起来就有点像绕口令了：如果是两人商量好了一起行凶这个案件很简单，共同犯罪两个都按故意杀人罪判。现在哥俩都是瞒着对方去行凶的，直到案发之前都以为只有自己去过，那么显然不能构成共同犯罪了。那么如果是先进去的哥哥打死了伯伯，后进去的弟弟行凶的对象则是一具尸体，因此他根本就是假想犯罪，不负刑事责任；但如果是后进去的弟弟打死的伯伯，先进去的哥哥就应该是故意杀人罪未遂，弟弟才是故意杀人罪。

分析完这堆绕口令我的头开始有些发晕，看见当时的法医报告我就只剩下叹气的分了：它只说明死亡原因是左侧的颅脑损伤，却没去推断具体是什么工具造成的，因此这个案件是一审二审，现在又是检察院提起再审，麻烦已经是一大堆了。案件久拖不决不说，哥俩都长期羁押，街谈巷议弄得满城风雨。

如果当时我就在场，也许还能有点办法：砖头的打击总该有些碎屑留在创口吧？而现在，尸体早已火化，很多证据肯定也早已随着时间的流逝烟消云散，这

263

种我们圈里头叫"文证鉴定"的案件国内除了几个像郑老这样德高望重的老法医外别人是没资格接的。

但是我还是不明白郑老为什么会接下这个无头案,就算是法院委托过来我们也有足够的理由推脱。这起案件根本就没发生在我们的辖区,何况现在这个案件已经进入审判程序,公安法医就有充足的理由不去管它:检察院和法院不是也有法医吗?

难道郑老有解决无头案的癖好?

难道郑老不知道自己几十年积累下来的名声不易?

萧墙

这种案件可不是每天都碰得到，我决定好好看看郑老怎么处理这个案件。不知道大家会把法医的工作想象得多神秘，但实际上我接触得最多的就是些平淡无奇的"富贵病"，诸如冠心病、中风之类的，只不过往往是发生得太突然，会被误认为是各种案件而已，其次就是"水漂"，定海市河道纵横，每年从水中捞起的无名尸体有一二百具之多。

但我却没发现郑老有什么异常，白天他该干吗干吗，哪怕是邻里阿婆吵架崴了脚的小案子他也不厌其烦，只不过我发现那两尺多高的卷宗每天晚上会少一本，第二天一早又静静地放回来，到晚上又再换一本少掉而已。

这样的日子持续了将近十多天，就在大家几乎要忘记这个案件的时候郑老开口问大家对这个案件的想法了。

"这样的案件只有您这样的国家级权威才能解决，我是从来不接无头案的死亡案件的。"说这话的时候陈主任低头在自己的公文包里翻找着法医室公章，嘴里吃吃地笑着。

伟城低头看着桌面，迟疑地说："这种时间造成的证据流失，目前还没什么好办法解决。"说完他转身在背后的书柜里找着什么。

郑老的眼光转向了我，我考虑了一会该怎么措辞，说白了这件事情初检工作是没做到位的，一是法医没仔细检查创口，二是摄像拍的几张创口照片因为角度不正严重变形，根本不能反应损伤特征。

但这事也不好去责怪哪一个人，法医不少是半路出家，水平、经验良莠不齐这是现状。摄像我估计是从哪家照相馆临时抓的差，他完全不了解刑事摄影和艺术摄影的区别。这张照片以极近的距离很倾斜的角度在创口喋开最明显的地方拍摄，甚至没有放置反应创口大小必备的标尺，这样拍出来倒是极富视觉冲击力，问题是刑事摄影的目的只是准确、清晰、不变性地反应被拍摄物的特征，而不是表达他第一次见到恐怖伤口的心灵震撼。

虽然想了这么半天，但我说出口的就只有一句："这个案件恐怕只有收集到新的有力证据才行。"

"嗯。"郑老不置可否地用手扶了扶老花镜，又把头埋进了故纸堆。

郑老没吭声，我倒是想了，新的证据要从哪里来呢？知道情况的两兄弟不肯吐露实情，其他人又不可能知道这个情况，证人证言这条路就没什么指望了；这几张照片又不成样子，要不然看着照片郑老也能说个八九不离十：砖头和铁锤的损伤特征根本就不一样嘛。

我知道郑老做的好几个文证鉴定的案件最后都是根据照片做出了判断，甚至有一起交通事故他看了现场照片就说逃逸的卡车装货后挡板没关好，这个细节对案情判断起到了至关重要的作用。那个故事我们且下次再说。我得承认这可是有很大难度的，我的功力还远远不够。事实上真实物体的很多特征照片根本反映不出来，比如说立体感和一些很细小的碎屑，这的确也只有郑老这样见多识广的老法医才能做到这一步。

问题是这一招现在也失灵了。

看来我们是山穷水尽了。

2

这一大堆卷宗几乎把我埋了进去，一些早期的纸张已经开始发黄、变脆了，翻开的时候可以闻到故纸堆那种特有的时光气味。昨天洗澡的时候我突然想到了一个细节，于是今天一大早就迫不及待地在卷宗里证实自己的想法。

果然是有这么一回事：最先是死者的老母亲发现儿子的房门没有关好，这才走进去，发现儿子已经死亡了。问题是老人心理上根本接受不了这样的事实，硬是逼着"120"把儿子拖到医院"抢救"了一番。按照医生的说法，到医院的时候人都已经硬了，但是实在是被老母亲逼得没办法，一边向老人家声明人早死了，抢救只是白花钱，一边把尸体当活人抢救着。

能从医生那里得到些什么吗？我向郑老提出这个问题的时候郑老指了指自己的抽屉，当时的"抢救"病历早就在他那里了。

我拿着这几张薄薄的纸，好像是拿着最后的救命稻草，可以说医生在病历上的字迹只怕是全世界最难辨认的文字之一，幸好我自己还做过医生，对这种鬼画符还能连蒙带猜地弄个明白。

这时候医生的一行小字吸引了我的注意，"CT 示左颅骨骨折、左硬膜下血肿"。

没有哪一家医院会对死者做CT检查，我想只怕又是老母亲的强烈要求才会

267

有这样的怪事，但这事哪怕再奇怪仅凭医生的这几个字也解决不了问题，颅脑的损伤早就被尸检证实了，这几个字并没有提供新的信息。

但是我发现郑老今天的心情特别好，熬夜这么多天显得有些苍白的脸上有了一抹红润，就连皱纹好像也熨平了许多，莫非他已经想到了解决问题的方法？

萧墉

难道是郑老找到了CT片？我马上拨通了家属电话，但是我还是失望了，案发之后家属已经搬了三次家，CT资料早就不在了。

看过《母爱》的朋友应该还记得，一套能把CT资料三维重建的软件在那个案件中立过大功，现在我又想起了它，但是如果CT资料没有了，这套软件再神奇也巧妇难为无米之炊啊。

失败的情绪再一次笼罩了我。

看见我一脸茫然的样子郑老倒是忍不住笑了："家属没有了，医院应该还有嘛，CT机做的每一个CT资料都会在电脑上自动编号、备份。"说完郑老打开了身边的电脑，原来他已经拿到CT资料了！

我只能认为这是一个奇迹，我是第一次见到人已经死亡了医院还被家属逼着做CT；我们还得感谢这台五年前的CT机没有报废，也许真是冥冥之中并不希望有冤案发生吧，总之，我们现在有机会了。

4

　　郑老自己操作着电脑，稍微显得有些吃力：快七十岁的人了，能做到这一步已经很不容易了，那么多四十刚出头的人还不会用电脑呢，我和伟城都提出过让我们来帮他做电脑处理，但郑老总是说我们还有我们的事情，坚持着自己的"二指禅"：他只会用两个食指来操作键盘，我们开玩笑起了一个"二指禅"的名字。

　　这项操作对郑老困难不小，医院保存的CT资料都是DCM格式，这种格式一般的看图软件根本无法识别，选择需要的图片、设置参数、三维成像，整个操作过程任何一步错了都会让所有工作前功尽弃要从头再来，看着郑老一遍遍地重复着操作，我想起小时候听过的蜘蛛在风雨中一次次拉网而决不气馁的故事，只不过这一次拉的不是捕虫的蜘蛛网，而是捕获罪犯的法网。

　　失败了十几次的郑老终于成功了，一切清清楚楚地显示在电脑上：左侧颅骨骨折在三维状态下清楚地显示出它是由三条笔直的骨折线汇聚到一个点构成的，这说明是砖头的一个角打到了这个地方，而右边的骨折则有一个明显的弧形，看着这个弧形我甚至明白，作案工具是一把一头圆形的钉锤：既不是一头呈球形的奶头锤，也不是尺寸很大的油锤。

　　解剖结果早就告诉我们左侧才是致命伤，也就是说是拿着砖头的哥哥才是真正的杀人凶手，而弟弟的行凶对象不过是一具尸体，我觉得他无罪释放未必不是一件好事：这总比他一家绝后好得多。

　　郑老脸上的笑容似乎让他突然间年轻了十岁,可我倒是有个问题很想问问他了："这次要是没那么巧，我们没解决问题怎么办？"

　　郑老好像没听懂我的话，又好像在回答我的问题："写上'不知道'不就完了吗？"

　　我忍俊不禁，事情之所以很复杂，多半是因为人们把它想得太复杂，"知之为知之，不知为不知，是知也。"孔子不是在几千年前就说了这个道理了吗？

萧墙

271

异 梦

273

1

　　上午我走进派出所的时候正好看见他被两个民警从审讯室里面押出来，看着他的脸我总觉得似乎在哪儿见过。到底在哪儿呢？我怎么也想不起来。

　　我的问题在吃午饭的时候终于得到了答案，给我答案的居然不是警察，而是几个交头接耳的妇女。虽然她们的神色好像是知道了什么惊天的秘密，但是话音却响亮得好像唯恐有人听不见——前不久闹婚变的某著名电视主持人杀死了他新婚不到半年的妻子。

　　我认不出电视节目主持人不奇怪，因为我几乎不看电视。何况现在他的落魄和电视节目上的神采飞扬根本就判若两人。我奇怪的是，这样的案件怎么没有法医的参与？

　　这样的事情也不是绝对没有可能，比如说在犯罪现场直接抓到了犯罪嫌疑人，或者是现场有充分的证据，那么是可以先对犯罪嫌疑人采取强制措施的，但是讯问不能超过二十四小时，而逮捕还需要更充分证据。

　　这就是为什么法医的手机总是要二十四小时开机了。

　　正在胡思乱想着，手机响了。

电话是L区刑侦大队队长打过来的。这个案件并不是他辖区内的案件，他打电话过来的原因是：死者是他的侄女。

他在电话里简要地通报了案情：今天早晨七点多钟110接到群众报案，说某居民小区有一女性从高处坠落，当场死亡。民警到现场调查后发现死者就是该居民小区五楼的一位住户，某新闻节目主持人的新婚妻子。死者坠落的位置离自家阳台不远，右眼青紫，身上仅仅穿了一件T恤和内短裤，连鞋子袜子都没看见，但脚底却是干干净净的。民警顿时疑窦丛生，赶到死者家里时候只见男主人神色慌张，家里一只摔碎的花瓶还没有整理干净。虽然这时候男主人口口声声说自己冤枉，民警们也不得不请他"协助调查"了。

最后他加了一句："据我了解，死者丈夫最近与其他女性有染。"

不愧是刑侦队长，他不带任何感情色彩地陈述了案情，语句简明扼要，但是每一句都直指要害。如果他所说的都是实情，那么这对于高坠案件简直就是一个完美的证据链：死者的丈夫与他人有染，夫妻之间产生争执（摔碎的花瓶）甚至打斗（右眼青紫），然后恶从胆边生的丈夫将没有防备的妻子（死者衣衫不整）摔下了自家的阳台（如果是自杀，不可能不穿鞋袜同时脚底干净）。

但毕竟这一次他是死者家属。

我苦笑了一下：死者是刑侦队长的侄女，嫌疑人死者的丈夫是公众人物，案件我还没接手，满城就已经议论纷纷了，而死亡原因，却是能让每一位法医头痛不已的高坠。

真实情况究竟如何？疑云笼罩在每一个人的头上，包括我自己。

2

　　果然很快我就接到了下午去现场的任务。整个中午我都在胡思乱想，可能是做过六年外科医生的缘故，我经常会不自觉地把这两个职业作比较：法医和外科医生的工作有时候还真有点相像：经常会遇到各种突发事件，而你对此是没有选择的余地。

　　但是做法医和做外科医生还是有很多的不一样。法医是医学的一个分支，但它和医学其他的分支区别实在是太大了：医学其他的分支诸如临床、护理、药学、预防等等，它们的面向的都是疾病，是人类抵御病痛侵袭的武器；而法医面向的是法律，是人类抵御他人不法侵害，捍卫自身生命权和健康权的武器。就拿这起案件来说吧，如果我还是一个外科医生，我需要弄明白的是死者身上哪里的损伤是致命的，从而作出临床诊断或者是死因诊断，这一点往往很简单，通常一眼就可以看出死者最严重的损伤。但是作为一个法医，最重要的任务弄明白死亡方式，也就是我们平常说的到底是自杀还是他杀，这个问题涉及众多其他学科的知识：现场、痕迹、逻辑、心理……有时候我觉得这简直就是一个对法医的综合素质的测评。而一旦判断失误，也许误导了侦察方向，最大的失败还在于侮辱了法律的尊严。

　　这种差异性就是法医工作挑战性所在，也是我为什么喜欢法医工作的原因。

胡思乱想归胡思乱想，还是要打点起十二分的精神，迎接这个挑战。

我做了一个有点让大家意外的决定，去现场之前，我先去看望了嫌疑人。

就在大家还丈二金刚摸不着头脑的时候我完成了检查。其实说穿了一钱不值：如果这个案件是他杀，加害人很可能就是丈夫。但是千万不要小看了女性的反抗，她们的指甲和牙齿往往是最好的武器，我甚至见过一个拼命抵抗凌辱的女性咬下了罪犯的舌头，正是这半截舌头让罪犯最终落网。

但是我什么也没有发现。

临登车去现场的时候我还在想，这不能说明什么，也许她来不及抵抗，或者抵抗太轻微，没有给嫌疑人造成明显的损伤。

异

梦

277

我仔细地观察着死者：我以为娱乐圈名人的妻子应该是美艳无双，但我看到的却是短发下一张未施脂粉的圆脸，这甚至让我觉得她还带着几分稚气。刑警队长说的情况都十分准确：她的右眼青紫，衣衫不整，没有穿鞋，但是脚底却十分干净。

而且我刚才在事发房间看到了那个打碎的花瓶，它原来的位置应该是在电视柜上，现在飞出了两米多，打碎在茶几旁边。

一切都似乎暗示着这里曾经发生过一起冷血的谋杀。

但是我还是放不下心来。

我放不下心来最主要的原因是因为死者左手腕的几道疤痕：我们管它叫"试切创"，这个名字在我看来实在有一点点滑稽。事实上除了一个失恋的男孩外，我很少看到切腕自杀的人能只用一刀解决问题：最常见的是三到四刀，而这几刀往往会交叉在自杀者的瞄准点上，原因很简单：人都怕痛，决定自杀的人也不例外。

就算那一个失恋的男孩，也自杀得极失败，他用力过大了，几乎把整个手砍了下来，而且部位极不准确：刀落在了自己的手掌上。

今天这个死者的手上就有这样的疤痕。我知道这只能证实她曾经试图自杀，并不能说明这次她还是自杀。

但是这却足以让我对她的死亡方式起疑心。

何况，她的身上还有几处不好解释的损伤。第一是左手食指靠近手掌的地方有一个电击的痕迹（看过我博客的朋友应该知道我们管它叫"电流斑"）。第二是她右小腿前面有一处撞击伤，它没有严重到骨折，但是足以造成青紫。

我必须完美地解释这一切。

但我却不知道该怎样解释这一切。

异

梦

4

　　我第二次来到了案发的房间，对我今天的"诡异举动"和还不去解剖尸体的"不务正业"连围观群众都在交头接耳了，我只好充耳不闻接着干我该干的事情。我甚至脱下了自己的鞋子赤脚在阳台上走了几步——阳台没有封闭，地上的灰尘马上弄脏了我的脚。

　　我站在阳台探头向下望去，尸体的位置在阳台正下方稍微偏左一点的地方，我又举头向左上方望去，午后炽热的阳光几乎灼伤了我的眼，但就在那一瞬间我看见了一条黑线。

　　来不及穿鞋我就跑出了房间，沿着阳台左侧的楼梯间向上跑去，在天台我再次向黑线的地方看去，刹那间我高兴得几乎就要欢呼起来：那是六楼一根裸露的电线。

　　其实看到死者左手食指的电流斑我就怀疑是抓握所造成的，靠近手掌的位置实在是太符合这种情况了，但是看到电线之前是谁也不敢断言的。

　　这至少说明了两个问题，第一，死者在落地之前是清醒的；第二，坠楼的地方并不是在五楼的阳台，而是在楼顶的天台。

　　再往左边走了两步，我仔细地搜索着什么。

　　"一定要让我找到！"我在心里高呼，呼吸也有几分急促。

　　有了！我简直有一点欣喜若狂了，隔热板和天台护栏夹缝的地方有一只红色的女式拖鞋，拖鞋底下的一抹白色让我想起七楼楼梯间住户装修留下的一些涂料，当时发生的一切浮现在我的眼前：死者和丈夫争吵之后从家里跑上楼顶，一气之下在阳台偏左一点的地方跳了下去。

　　我甚至可以想象她在落地之前看到电线的时候左手本能的挥舞，那一刻她一定后悔自己的决定了吧，但是电击很快让她松开了手，重新开始坠落的她在落地之前只怕魂魄已经飘散了吧……

　　刚要为自己的判断得意的时候，疑问又重新回到了我的脑海：为什么是一只鞋子？还有一只呢？

　　死者眼眶的青紫又是怎么回事？

　　巨大的疑问马上吞噬了我的喜悦，我的眉头又皱了起来。

异

梦

281

5

夏日的骄阳晒在背上有些隐隐作痛，汗水也不停地从下颌滴到天台上，胃里头有些翻江倒海的意思，我意识到自己可能有点中暑了。但是我怎么也不相信一只鞋子会自己走路，不在地上，它就一定是挂在什么地方了——我找了一个望远镜仔细地看着。

这时候一个比电线稍高的空调吸引了我的注意：它的外罩一角有些变形，仔细看过去发现室外机和墙壁之间有个红色的东西。换个角度看过去，果然是另外一只鞋子！

这样她的坠落过程就基本清楚了，解剖之后她右眼的青紫也明确了原因：颅底骨折。要知道眼球和大脑之间只有一层很薄的骨骼相隔，在严重的颅脑损伤的时候，淤血会顺着骨折线沁入眼眶，这个叫"熊猫眼征"，其实不算少见。

当初刑警队长的提供的倾向于他杀的各项证据在现场勘验和尸体解剖后已经被一一排除，起跳点、坠落过程这些我能弄明白的一切都已完成，整件事情的过程此刻清晰地浮现在我的面前：一夜未归的丈夫蹑手蹑脚地走进房间，没想到性格刚烈的妻子早就等候多时了。面对妻子的质问丈夫只能坐在沙发上抽着闷烟一言不发，生了气的妻子拿起花瓶砸向了丈夫，丈夫头一偏躲开了花瓶，地上砸碎的花瓶似乎也把丈夫的火气砸了出来，他多半是和妻子发生了肢体冲突；妻子看到丈夫居然还敢动手，把门一摔扔下一句"我会让你后悔一辈子的！"就冲上了天台。之所以选择天台而不是家里的阳台她是不是希望丈夫会出来拉住她呢？这个问题恐怕只有天国的她才能回答了。从天台起跳后她的右小腿打在了空调上，这一下一只鞋子脱落，恰巧留在了这么个隐蔽的地方；同时撞击让她下落的速度减缓了一些，于是她有时间本能地去抓住电线，抓住电线的时候她的小腿应该还没有完全离开空调——这样才能构成一个闭合回路。

异梦

　　问题是，谁能保证所有的证据不是丈夫精心伪造的？有涂料的拖鞋他可能早就收集好了，把鞋子藏在空调后说不定是他想出奇制胜……

　　自杀和他杀之间可没有一个中间地带可以让我逃避，我必须做出明确结论。

283

6

当一项判断关系到另一个人一生命运的时候，怎么小心谨慎都不过分：我又来求助老师了，我带来了所有的卷宗，也带来了我的顾虑，包括此案的影响，包括刑警队长和当事人的亲属关系。

郑老师取下他的老花眼镜，仔细折叠起来放进了眼镜盒。停了一会，他问我："有哪些证据倾向自杀？"

我想了一会，回答道："死者曾经有自杀史，说明有自杀的倾向及可能；鞋子上的涂料证明死者应该是自己跑到天台的；死者手上的电流斑证实死者坠楼之前应该是活着的。"

郑老师踱到了窗边，眼睛看着远方，又追问道："那么有什么证据证明是他杀？"

我语塞了一下，的确没有任何证据能直接证明他杀，停了一下我马上说道："但是死者丈夫有外遇，还和死者有争吵……"

郑老师挥手打断了我的话，"那都是间接证据，不能直接说明问题。"

"可是谁也不能保证鞋子上的涂料，死者手上的电流斑等等这些是不是嫌疑人处心积虑造成的，说不定他很狡猾……"我反驳道。

郑老师笑了，很慈祥："你有证据证实吗？无罪推定原则啊！"

说道"无罪推定"几个字的时候郑老师一字一句,手指有力地敲打着桌子。

我陷入了沉思,的确这个案件采用有罪推定还是无罪推定原则会有两个完全不同的结果:如果采用无罪推定原则,也就是我们首先把嫌疑人当作无罪的,通过证据来证实他的罪行的话,那么目前没有证据证明他的罪行,我们应该下一个自杀的结论;但是如果我们采用有罪推定原则,也就是把嫌疑人当作有罪的,通过证据来证实他无罪的话,那么目前没有充分证据证明他的确无罪,我们应该下一个他杀的结论。

郑老师接着说道:"虽然法医脱胎于医学,但是毕竟已经独立,这两者的思维方式是不同的:比医多的一个法字让我们更注重证据。像这种情况时间已经流逝,当时到底发生了什么已经不清楚了怎么办?你能做的第一是尽可能完善地收集证据,第二是去衡量倾向于那一边的证据更多,然后再根据证据去作出判断,这就是所谓的'有一份证据说一份话'了,至于其他的诸如社会影响如何之类的,小伙子,这世界很大,不要看花了眼哦!"

说完郑老爽朗地大笑了起来。我似乎明白了什么,又似乎陷入了更深的思考。

本书所选网友评论为尽量保持网文的原生态风貌,一些网络语言不做修改。

异
梦

后 记

我只是个简单的人，做的是简单的事。

在我刚开办新浪博客"我是法医"的时候，人们对我的身份进行了种种猜测，甚至有人揣测我是网站雇佣的写手。

但我一直非常清楚地知道，我是一名年轻的法医学教师。

在媒体终于发现我姓甚名谁之后，人们又对我为什么写这个博客进行了种种猜测，甚至有人猜测我是不是为了一夜成名。

但我开博的理由只怕简单得让人难以置信：我依然清楚地记得，二〇〇六年二月二十四日下午，几名对法医职业有着极大好奇的女生在下课之后找到我，希望我能给她们讲几个法医故事。而我给她们上的是另外一门课程，没办法在上课的时候大讲法医案例，于是我答应她们回去想想办法。

第二天，我终于想到了一个好办法：博客。我的学生可以在课余的时间随意浏览，哪怕是他们已经毕业，我甚至可以和学生用留言的方式互动，随时解决他们的疑问，而他们根本不用不好意思，因为我不会知道他们究竟是谁。而这种方式还有一个最大的好处：办个网站居然不用我花钱。

于是我就开博了。连我本人都没想到的是，就好像一石激起千层浪，新浪博客"我是法医"点击量节节攀升，五万，十万，很快就突破了百万。

瞠目结舌之余我在想，也不错，法医这个行业人们的确太不了解了。

不过我没有想到的是随之而来的媒体热捧给我带来了不少的困扰。在我的博客里我曾经发过一篇《幸福是什么》的文章，它忠实地记录着我当时的心路历程。

其实我很久都闹不明白的一个问题是为什么我的博客成为了同行业中影响最大的一个博客。我不是最早办博客的法医；我的写作水平也肯定比不上公安题材的专职作家；由于我从未接触过惊天大案，故事的精彩程度也肯定不如别人，那为什么就我的博客最火啊？

实在要我自己找理由，我只能解释为是作品中人物的朴实形象感染了大家，如果非要再加一条，那就是我在字里行间透露出来的人生态度以及对专业的理解比较容易被大众接受吧？

其实这个问题我得请教大家，因为你们，才是这个问题最好的裁判员。

但是不管怎么说，它就是火了，它正在改变我的生活，从方方面面。

客观地评价博客火了之后带给我的影响，无非"名、利"二字。说名，那是因为我的名字从来不曾被报刊这么报道过，也不曾被数千网页转载过，就连我的同事也会哈哈地笑着，"名人了啊，你"地开着玩笑。说利，那是因为我从来不曾想到过我潜藏已久的文字才能会有这样的商业利益，但是面对这些，我感觉到的更多是困扰，而不是快乐。

比如说，现在我每天打开邮箱，都会看到各式各样的求助，而其中大部分超出了我的职业范围，这让我觉得承载了太多的公众信任；而对于各种形式的改编和发表，我只能说它们远没有写博那么轻松愉快，毕竟，我不是专业作家，我很清楚自己的不足，对于过多的人物出场以及支末情节的穿插，我并不在行。

我只能把这些改变控制在我可以接受的范围，尽量不让它们去干扰我的工作生活，比如说，小说的改编我会在休假的时候完成。

287

而且，我发现越来越多地出现这种现象：不少人问我怎么才能做一个法医。

我并不鼓励这种现象，事实上，我认为这和原来大家对法医不那么好的联想一样，都是由于不了解所造成的，只不过现在表现成了另外一个极端。

毕竟法医的工作不是每一个人都能接受的，毕竟经常要去面对各种各样的尸体，各种各样的人间悲剧，各种各样的压力。

而且，至少在以下的几个方面法医不如外科医生：第一，收入，第二，工作环境，第三，也是更重要的是社会认可度。

比如说，曾经就有儿科的专家看了我在《庸医》中"胃内也有了空气，十二指肠还没有，说明他还没来得及尝尝做人的味道，生下来不到半小时就离开了人世！"的描写后质疑为什么我不认为这种现象是先天畸形，比如说是"幽门梗阻"（胃和肠之间不通畅）造成的。

我得说，如果在手术之中您看到了这样的现象，那么您是对的，但是，对于我们来说，还未出生的胎儿是不用呼吸的，胃肠道也就没有空气，因此我们能作出的第一个判断是孩子出生的时候是活的（活产），第二，胃肠道进入空气的进程和时间相关，我们能大致推断出孩子存活的时间。

这是由于您不了解我的专业所造成的，我只能这么说。

我无悔于我的选择，但是我不能保证现在看了我的博客想做法医的人也会无悔。

于是最近常常在想，什么是幸福？为什么原来我会觉得幸福？

一直没有答案，直到今天早上。

今天早上阳光很好，我牵着妻子的手去买菜，途中看见了一个卖烧饼的，闻着很香，我花了两块钱买了一个，和妻子就在路边吃了起来。

那一刻我觉得很幸福。

原来，幸福是如此的简单。

其实到现在为止，我还是不明白为什么我的博客这么火。但是我很清楚地知道，这篇文章其实是一个分水岭，它让我在纷繁复杂的世界里重新找回了简单。

就像我在博客里不止一次地提到的那样，很多事情之所以复杂，是因为你把它想复杂了。

有人看也好，没人看也好；有媒体追捧也好，没媒体追捧也好，我还是我。

于是我一直按照这种简单的思路解决问题。就好比这次结集成书，我之所以愿意发表这些纪实性的文字，是因为它能继续宣传法医职业这个初衷；之所以交给山东文艺出版社，是因为他们不打算为了销量把我的文字变成地摊货。

这本书火也好，只能放在自己家里做纪念也好，我还是我：那个年轻的法医学教师。

简简单单做人，专专心心做事。

后记

289